鬼厨

GHOST KITCHEN

多令 著

漓江出版社

图书在版编目（CIP）数据

鬼厨 / 多令著. —桂林：漓江出版社，2015.12
ISBN 978-7-5407-7670-1

Ⅰ.①鬼… Ⅱ.①多… Ⅲ.①长篇小说—中国—当代 Ⅳ.① I247.5
中国版本图书馆 CIP 数据核字 (2015) 第270418号

鬼　　厨

多　令　著

责任编辑：胡子博

漓江出版社有限公司出版发行
广西桂林市南环路22号　邮政编码：541002
网址：http://www.lijiangbook.com
全国新华书店经销
销售热线：021-55087201-833
大厂聚鑫印刷有限责任公司印刷
（河北省廊坊市大厂回族自治县西大街　邮政编码：065300）
开本：880mm × 1230mm　1/32
印张：6.875　字数：147千字
2015年12月第1版　2015年12月第1次印刷
定价：28.00元

目　　录

·序　言·

厨巫和厨禅

汪　涵

无论是金圣叹的三十三则“不亦快哉”，还是苏东坡的十六件“赏心乐事”，都没有洗手下厨这回事。这一点无疑让我感到惋惜，光是“君子远庖厨”这一句话，就抹杀了多少烟火神仙的乐趣。

记得小时候在乡下，做饭时我总是要抢着去烧柴火，有时候烟火从吹火筒里倒灌出来，呛得我不光嗓子疼，胸口也疼，我还是痴心不改——不为别的，就为那弥漫的饭香里有我的一份付出，大人们也识趣地表扬我一句：“这餐饭也有建刚伢子的功劳咧！”长大以后，我越发明白厨房里其实根本没那么多教条主义，孔子说：“一箪食，一瓢饮，在陋巷，人不堪其忧，回也不改其乐。”如果能够在人间烟火里得到快乐，那能不能步步高升，能不能衣锦还乡之类的想法，确实可以暂时放一边去。从这一点来说，孔子实在是个很可爱的人。

幸好还有不少古人和近人和我的想法一样，清代的袁枚写了一部《随园食单》，里面是他四十年的厨房实践和三百二十六道菜谱，这本书至今仍是大厨的经典。秦淮八艳中的董小宛不但貌美如花，更是烹调高手，一款“董糖”香酥了几百年，甜遍了众人心。张大千似乎也开过一个不算是玩笑的玩笑，他说自己若论诸艺，厨艺第一，绘画第二也！他留下的那一张飘香绵长的手书家宴菜单至今还飘香绵长。还有京城第一大玩家王世襄也烧得一手好菜，素菜能烧出荤菜味道，荤菜能烧出素菜味道。

因此，一部以厨房为焦点的小说一定能让我兴致盎然。多令讲的是一个现代都市故事——我知道他爱厨艺，却没有想到他会写关于厨艺的小说，而不是关于厨艺的杂文。对于他而言，在厨房里经营一部好小说带来的挑战，是远远大过杂文的。所以他做了勇敢的尝试，用文字制造了一个人间盛宴的幻境。读他的文字，我的心境总是陷入在往事和思考之中，我们关于味道的往事大多相似——小镇的香干，河汊的鲫鱼，沾上了亲人汗水的年糕。我们可以拿这些往事来互相印证，索引，交换乐趣，而味道中的人生却迥然不同，对于多令来说，这些关于味道的记忆陷进了一个都市困境，他小心翼翼地解答着这个困境，让他的人物挣扎，战斗，最后和命运达成了和解。

多令的行文也如同高妙的厨艺令人激赏，他将《楚辞》的绮丽狂放带进了现代文学之中，这无疑是他作为湘人的本能和天赋。依我的浅见，巫楚文化中的魔幻色彩很难和大都市的理性生活做很好的结合，但他竟然找到了厨艺这样一个契合点。读他的文字，我总是会情不自禁地联想起楚辞，比如《九歌》中的“瑶席兮玉瑱，盍将把兮琼芳；蕙肴蒸兮兰藉，奠桂酒兮椒浆。”

这种对厨艺的依依不舍很可贵，老子还说过另一句话“治大国，若烹小鲜”。当我们锐气尽藏，青春渐远，确实没有哪种手艺能像厨艺那样象征着我们经营人生的智慧。于是伺候家人，招待朋友的宴席就成了日常的功课，这个功课里有彼此心领神会的冷暖人生，煮面是柔情，糖醋是蜜意，选料是众里寻她，翻炒是热恋升级，原来厨房里的煎炒烹炸如此多情，他用一部小说讲了“食色性”，我只想表扬一句“会烹调的男人帅也”。

说到这里我想起一个故事，可以作为这部小说的禅机。唐朝有一个文喜禅师，曾向一位牵牛的老翁借宿。老翁说：“你有执着心，不能留你住。”文喜回答：“我没有执着心，我受戒了。”老翁回呛一句：“你没有执着心干吗要去受戒？”后来，文喜禅师在寺庙里担任煮饭的工作，一日，雾气腾腾的厨房突然出现了文殊菩萨，其实，之前的老翁就是文殊菩萨的化身。文喜毫不犹豫，拿勺子去打文殊，边打边念：“文殊自文殊，文喜自文喜，今日再相见，惑乱不了我。”显然，他是在意文殊打扰他在厨房里的清修。文殊菩萨风趣地回答：“苦瓜连根苦，甜瓜彻蒂甜，修行三大劫，却被老僧嫌。”

由此可见，一个发生在厨房里的故事，连菩萨都无法抵挡，何况你我凡人？

鬼　厨

本故事纯属虚构

可怜夜半虚前席，不问苍生问鬼神。

——李商隐

第一章

我并不是一个害怕孤单的人，我只是害怕那些孤单中的响动——钢琴，雨，落叶的旋转，夜晚猫的跃动。

对于我的耳朵，这些响动都是有形状的，它们会一起变化，每刻都有声音飞翔，每刻也有声音降落，它们在秋天的移动会构成孤单的要素，那不想在地铁里背过身去的一瞬间，会有人喊你的名字——城市吞没了很多人，却没有吞没这个季节，秋天还是如约而来，这些声音都让我想起有那么多人已经被城市吞没，他们在梦中反反复复，照耀他们的最后一丝光亮，也业已消失。

当然，还有夜晚里水喉的突然响动，就像在夜晚起来咳嗽的人一样，可能在楼上的阳台，可能在隔壁的厕所里，也许是一场巨大的呕吐，也许是一次例行的小便。如果你不知道是谁，你也不愿意知道他到底是谁。

有那么多年，她走了，我总记得在秋天和她一起去买螃蟹的样子，我们租房而居，没有人给我们送螃蟹票，也没有吃过金悦广告里那有着十厘米长蟹钳的螃蟹，但买螃蟹是幸福的，在小厨房里煮螃蟹也是幸福的，我们去八里庄的菜市场买三十几块钱一斤的螃蟹，后来发现二十几块钱一斤的也挺好吃，只是个头小一点而已。我会用牙签挑走那针尖大一点的苦味部分，青色的和黑色的脏器。每次她听见我翻开锅盖的声音，就会惊喜地跑过来问，好了吗？好了吗？我喜欢她穿着灰色的毛衣，依偎在我的身上，感觉就像是一只豚鼠，那是秋天带给我的最后温暖。

我经常出差，所以小芹经常一个人去八里庄的菜市场，夏天，秋天，冬天，这样的季节变化，总是推进着她渴盼我归家的焦急感。

她有时候很讨厌秋天的感觉，讨厌在白杨树下走的那一段路，下班的时候，每个人的背上都好像被符咒贴着，顶着冷风快步行走，很机械的动作，城市的秋天就像采油机一样，高高竖立在风中，重复着枯燥得没有绿色的动作。

秋天恰到好处地把孤独感分配给了每一个人，活着是一件特无聊的事，做饭吃饭看电视，如果我还有一丝趣味，我愿意选择史蒂芬·金的小说。这个秋天发生了一些怪事，晚上她一个人睡得迷迷糊糊的，依稀听到厨房里有锅勺的响动，还有男人说话的声音，油烟味也传了出来。

她依稀以为是我回来了，终于可以做螃蟹吃啦，也许她在梦中笑了一下，没有人看见她甜美的嘴角。

但这不是真的，她说，真正发生的事情，是厨房里真的有声音在，铲子，锅盖，没有关紧的水喉——

她开始在梦境里挣扎，想从一个梦跳进另外一个梦，但这是多么的徒劳。那些声音像钢丝一样伸出，抓住了她，她不得逃脱。

碟子在撞击着，发出了声音，隐约有人在说话，还有人说吃完这顿，我们就上路吧。她把自己捂在被子里，呜呜呜，眼睛里有泪水，她不敢出去看，她以为自己是在做梦，有鬼溜进她家来炒菜——

她多么希望自己是在做梦啊，过了一阵，餐厅里响起吧唧吧唧吃饭的声音，她无法确认到底发生了什么，叫也不敢叫，等到黎明的时候，终于什么声音都没有了，她战战兢兢地从门缝往外看，什么也没有。

她打开门——确实一片寂静，什么都没有发生过，她确实在做梦，她又到厨房里去查看，东西都在原来的位置，但每个餐具都被擦得干干净净，连她做晚餐留下的垃圾都不见了，她平时都不会这样卖力地收拾厨房。

她收拾好自己的东西，魂不守舍地上班去了，她给我打了电话，说了昨天晚上发生的事情，我说那肯定是在做梦："就算真的有鬼，我童小明来，它还不得赶紧逃命？别怕，我今天就请假回家。"

她迷迷糊糊地放下电话，抬头看见总监愤怒的眼神："工作周报，就你一个人还没有交呢！"

去他妈的工作周报吧，我们约定在地铁站见面，在拥挤的地铁站找到一个拥抱的空间。那时候的我比现在胖一点，因为我选择的是错误的锻炼方式，我几乎每晚都要去朝阳公园打篮球，而不是长跑，篮球运动容易让人感到饥饿，它的深处是有一种力量，推着人往横向里长，为了挤倒别人，在不可避免的冲撞中，断掉肋骨的是别人，而不是我。我总是赢，在这样的较量中，我总能击倒比我重二十公斤的家伙，我结实得像一头熊那样，我用六英尺长的双臂抱她，像围住一个梦境的城墙，就像我每天在地铁上所做的那样，在欲望和困守的战斗中，找到一点空间感，在一天的号角吹响之时，让她感到不畏惧就好，也许是暂时的。

晚上我如约回家，她搂着我入睡，心里感觉踏实多了。

她扔下书和遥控器，我的拥抱可以塞紧她的耳朵，隔绝于梦中。

半夜，我酣然入梦，她又回到那种半梦半醒的状态，但好安静啊，真的，什么都没有了。她想，这下可以安心睡觉了，她听着我的心跳，那种心跳有力地透过胸肌的阻挡，进入梦乡。

但一丝淡淡的油烟味道传来了——

好像她在梦里吃红烧肉一样，螃蟹也快熟了，她馋得流口水，她突然惊醒了，这不是梦！

油烟味道确实传来了，还有排风扇低速的转动声，她头皮发炸，血液凝固了，她后来说她能分清声音和气味的距离：我们前楼冰城烧烤屌丝青年们的喧闹和歌唱，还有偶尔断片式的嚎叫，此刻都是这丝丝缕缕气味和声音的背景。

深秋的夜晚已经很寒冷，因为这夜晚会让人失去一些力量和勇气，暖气还没有送来，你得克服被窝里外的巨大温差去起床，你在一双安全的臂膀，一只充满热尿的膀胱，两个人频率相同的呼吸，头发的纠缠和皮肤的厮磨中，去面对一个黑暗而不可知的世界。她对声音有着超常敏锐的距离感，她是学声乐的，本来有机会站在中华世纪坛和奥林匹克中心之类的地方，可能，她是唯一一个从金铁霖老师那里逃跑的学生。

那种三米之外，也许只有一两个分贝的低频响动，和二十米之外的三十分贝，本质上是截然不同的。

她既不敢也无法决定什么，肾上腺素的分泌让她发出一种绝望的颤抖，她使劲掐我的肚子。

我很不满地哼了一声，又要睡去，这时候我的李小芹着急了，她就用手去捂住我的嘴。

我在梦中被一口巨大的海水呛到，被她捂得直咳嗽，很大声的那种咳嗽，一阵挣扎之后，我找到了我的救生圈，我醒来，有些愤怒——

“你干吗啊？”

这一吼不要紧，厨房里什么声音都没有了，她紧张地拉着我打开灯，却看见厨房里什么动静都没有：灶台已经被我抹得像岩玉一样青葱油亮；垃圾袋也被我扎好了口子，里面是一只一斤半密云柴鸡的残骸，它是绝对不可能跳起来作祟的；冰箱里还有一些猪扇骨，如果不断电，它们应该可以在这里沉睡亿万年之久。我觉得这事简直是不可理喻，女人身上总有太多不可理喻的事情，尤其是李小芹这样的漂亮女人。我很不高兴——

“以后做噩梦不许捂我，万一把我闷死了怎么办。”

小芹撅着嘴很是委屈，担心自己从此被我当神经病看。

早上上班之前，小芹说：“你晚上多拉几个朋友来做饭喝酒吧，我们把厨房好好闹一闹，驱一驱邪气，就不再闹鬼了。”

我说：“好啊，你要去买菜，要有鲫鱼、猪蹄，还要买花菜、豆腐。”

晚上小芹买了菜回来，在楼道口看见居委会的肖阿姨坐在那里，阿姨眯着眼睛，似笑非笑地望着她——

“姑娘，有喜事啊？”

“我男朋友回来了，好好庆祝一下！”

肖阿姨总是坐在那里，只用报纸和收音机就可以打发一天，偶尔看见她拿着烟卷，当她吐着烟圈的时候，你都看不到她的那双被皱褶压倒的凤眼会望向什么距离，她和我们这些外地的老乡插科打诨，看着一拨又一拨的租客离开，回来，或者永远消失。这样的阿姨，也许以前也曾经漂亮过吧。

我喊了戴逸、杜路两个好朋友过来。我就做了拿手的酥炸鲫鱼，四条，一人一条，就着凉菜，三个人先喝起来了。我让小芹去伺候红烧猪蹄，时间要长点，她就看着我们喝，不时照顾一下厨房。

那一顿酒距离我31岁的生日刚好过去两个月，我清楚地记得那个日子，也许就是从那一天开始我们的生活发生了转折，而昨天的闹鬼就是一个序幕。我三十一年生命里其实只有三样收获：第一是读了很多书，大概有两百多本能很完整地记下来，即使忘掉的段落也能随手翻到它应在的页码；第二是我的发小李小芹，她是我遇到的唯一一个什么都不要只要我的人，唯一一个对我无条件宽容到底的人；第三个就是我与生俱来的厨艺了，所有认识我的人都知道我是厨神。这三样收获我唯一敢自我表现的就是厨艺了，其实这并不很难，只是我很会拆解复杂的东西而已，比如我工作的那份杂志，还有长篇小说，我会把那一大堆都吃到大脑里，从章节到段落，结构到故事线，语言到情绪，最后让每个标点和行列都有合理的构成。搞清它们之所以出色的秘密。厨房的事情也是一样的，我会从外面吃到的好吃的菜中，拆解出很多东西来，它们的原料，这是最基本的，然后是佐料、配料，从草壳，山胡椒，到各种意大利香草，牛肉酱，豆瓣酱，咖喱酱是新加坡咖喱还是印度咖喱，肉末是土猪肉还是黑猪肉——我用的是一种很笨的功夫，绝不像别人是看了食谱再照着去做，我从不看食谱，因为食谱不能提供给我味道，我必须得先吃，然后再自己分析出食谱。

这个过程和常人不同，即使我吃到北京的各种美食，我也绝不会从网上去找它们的食谱，我也没法问厨师，因为他不可能告诉你真正的秘密。你唯一能问的就是某种配料的成分，他一般都会慷慨告诉你这是什么，如果他不告诉你，他就是不解释你的担忧，你可以质问他这里面是否有危险化合物，或者让人上瘾的东西。

接下来的事情当然是口感的，我可以试出酱料是油炸之后再放的水，还是水开之后才放的酱，从表面判断出鸡皮是烤出来的还是蒸出来的，从丰腴松紧的程度判断火候大小和时间，从汤底的黏稠度判断骨胶的析出过程，从鲜度判断到底是天然谷氨酸钠，还是味精、高鲜味精、鸡精，还是某种蘑菇……

这还只是一些基本的东西，后面的功课还有很多，总之，我一定会形成自己的食谱，也许和原作者会有一些差别，有时候完全错了，我的判断经常失误，但我无论如何总得把那道菜折腾出来，然后不停地改良，这些事情不会对我的故事产生很大的影响，所以我得暂时放一放。总之，那一天我得让我徒有其表的女友学着做菜，她给我看过她从前演出的视频，完全是不食人间烟火的女子，脑子里永远缺乏做菜的那一根筋。

我对戴逸和杜路两个朋友说："我老婆最近经常梦见鬼，万一我出差了，你们几个好好照顾一下。"

戴逸说："怎么照顾，来你家陪她睡吗？哈哈哈哈哈。"

杜路说："这……这个不太方便吧，你不吃醋吗？"

戴逸说："吃醋？那我今天在这代表你把醋先给吃光，以后小芹要喊我们来，我一定赏光，要你没得吃。"

戴逸就拿着杯子，灌了自己一大口苹果醋加雪碧，他不喝酒的，不知从哪里学来这个秘方，苹果醋加雪碧，喝起来像陈年的赤霞珠，我也尝过，还真是那么回事。

大家笑得前俯后仰，杜路先喝大了，我知道这傻逼一直对小芹有点垂涎，但我很宽容他，因为在小芹来之前，我也对他的梁娜垂涎过，然后我们会较着劲找个女朋友来互相比拼。此刻，李小芹几缕褐红色的卷发正耷拉在背上，她个子不高，围裙的后带系着她浑圆又小巧的臀部，她站得笔直的，貌似在忙碌，实际在听我们说话。她那结实又精巧的臀部肯定瞬间征服了杜路，他肯定对我拥有小芹这样的发小佩服得五体投地，他咋呼起来，想要小芹听到："哪里有鬼，鬼都是人在作祟，说不定真有什么人——"

小芹确实听到了，回过头去怒目圆睁，大吼："你还要不要我过啊？吓死人了！"

我不满地瞪了她一眼："胆小成这样，好像真没见过鬼一样的。"

我的厨房其实糟糕得有点悲哀，它只有一个贴着破碎白瓷片的灶台，它的下面一边是一个所谓的橱柜，在刚刚搬进来的时候，我用了半瓶喷雾才杀光了里面的虫子。而另一边则是裸露的煤气管线和水管，它们纠结在一起的模样，像极了某种大型食草动物的腹部。但这些都不能影响它的功能，只有一处是例外，那就是它没有烟道，所谓抽油烟机只是直接从窗口开了个口子，装上了一个排风扇，从那里朝户外喷吐烟雾和油渍。还有一点就是卫生间和它是一体化的，只有两平方米多的卫生间其实是挖去了厨房的一个角落。

现在，我自创的竹荪炖鲩鱼正由李小芹伺候着，我已经为她准备好了一些姜片、葱段、产自四川的二荆条干椒，她要执行的是撇去浮沫，加清水，加上调料，最关键的地方是得在看见鱼眼睛煮得脱离眼眶的时候，放上盐。我对她的要求是一把完成加盐，决不可添上第二把——这是考验一个人是否有厨房天赋和美食味觉的最好办法。

但又是一阵大风从那个该死的排气扇里倒灌进来，我听见小芹啪啪拧动煤气灶的开关，就知道火又熄灭了。

那个煤气灶点火旋钮一直都非常僵硬，如果不朝里面顶着拧，根本就点不着火，我正准备去帮忙，却听到轰的一声，火点着了。

可怜的女孩显然把劲使过了头，旋钮停到了最大火的位置，她想把它再往下拧一点，它那僵硬的关节又和她较上了劲。

仅仅是几秒之内，那口本已接近沸腾临界点的铝制煮锅就从侧面喷出了白沫。

然后，一阵巨大的白雾就冲了起来，锅盖自己顶起来了一点，里面就像是装了一只弹簧。

一根白白的骨头，像是一只绝望的人手，顶开了锅盖，手腕那里肉都被煮化，上面还有最后一截没有掉落的指头。

那只骨头继续上升，带着一种垂死的动力，带着翻滚的白沫子和水蒸气，瞬间让我想起男人临死之前最后的勃起。

那白骨像一道白色的闪电，击碎了女孩，小芹惊叫着“啊——”惨叫的声音震破窗户，刺破了茫茫大气。

亲爱的小芹，我知道人对白骨的恐惧与生俱来，即使仅仅是因为这种恐惧，我也将因为这种恐惧而变得更加爱你。

实际上，厨房总隐藏着一些深不可测的恐惧，这里充满杀戮和血腥，肌肉，骨头，内脏，毛皮，这些劳动被披上了文明，高雅，充满智慧和乐趣的外衣，我们很难去追究它深层隐藏的恐惧，我们野心勃勃地奔向美味，奔向朋友间的喧闹和歌唱。后来我独处的时候，偶尔翻翻佛经，知道吃了有秽气的植物，葱姜韭蒜，神灵也会远离你，吃肉也得吃五净肉——不见杀、不闻杀声、不为我杀、自死、鸟残，按照这个标准，生活在城市里是无法获得动物性脂肪的，那些市场上销售的，有价格的，都是在向我索取利润的，它们为我而死，而我更不能在自己家厨房里收拾出一堆净肉来。按照这个标准，也许只有一种肉我能吃的，那就是舍身饲鹰的菩萨，他以慈悲的法相赐我以美味。

食，实乃六根中贪欲，《楞严经》云：诸世间卵化湿胎，随力强弱，递相吞食，是等则以杀贪为本。以人食羊，羊死为人，人死为羊，如是乃至十生之类，死死生生，互来相啖，恶业俱生，穷未来际——

我知道这叫业报，这叫做因果相续，但是，亲爱的，如果是为了和你一起领略人间烟火的滋味，我甘愿受这业报，来世做场饿鬼也心甘情愿。

我几乎是从餐桌边直接跳到了灶台，抱住她盈盈两尺的腰身，锅盖被直接掀开了，那是一只可悲的猪手而已，汤汁从那根巨大的白骨边汩汩流下，把煤气也直接给浇灭了。她闭着眼睛似乎晕倒了，向后，借了我一个小小的倾角靠着我，我的脸紧贴着她的头发，立马判断出了厨房里所发生的事情，觉得又好气又好笑:我为竹荪炖鲩鱼准备了一只猪手,这是我的独门秘籍之一,用猪手做汤底,熬出来的一定浓白油腻,但竹荪会吸去一部分油脂,最后形成玉浆银鱼的完美效果。在我教给李小芹这场测试的同时,我根本没有提醒她,所谓的汤底,应该是把渣滓和骨头都除去的。

这根整蛊的猪手,上面的大部分皮肉脱落,最后借助着竹荪的膨胀和突如其来的大火,以沸腾的力量直立了起来,显露出一种骇人的效果。

我们的晚餐在一种荒诞的气氛中结束,她有点羞愧又有点生气,自己一个人夹了一点菜,躲进卧室里边看电视边吃,我们三个心不在焉地喝着酒,杜路一个人把那整只猪手啃了个精光。

晚上她说她其实很厌恶厨房,根本没有那个天分,之所以自告奋勇去处理最后一道菜的原因,是因为不想我在厨房忙碌,而她去陪杜路和戴逸坐着,她和我的朋友没什么可聊的……她一直认为我的朋友有些粗俗,和他们交流不出什么东西。我则认为她来到这个城市不久,充满懵懂无知,她喜欢一切徒有其表,充满伪善交际的活动,咖啡,红酒,农庄,歌友会,时装发布之类的,从里面认识很多来路不明的人。她根本不懂什么样的人才值得做朋友。杜路实际上是北京非常优秀的展览设计师,奔驰,索尼,海尔这些展台他都设计过,大型的会展上总有他的杰作。戴逸则是一个优秀的记者,视角里总有着人性的光芒,他们是我真正的朋友,所以我们不会去聊那些,如果他们在小芹面前聊,我会以为他们是想勾引小芹。

也许正因为如此,她身上弥漫着一种新鲜的味道,和这个城市每年新涌进的年轻人一样,用他们饱满旺盛的好奇心,一寸寸地触摸城市光洁的表面。

这也是一种幸福吗？当欲望还只是欲望，野心和痛苦都还来不及成长的时候，它们也许是。

我在夜晚的摸索如同穿行于家乡的芦苇荡中，那些粗的，细的，光洁，密实的，我一一分辨出它们是毛发，皮肤，衣服，还是关节，我喜欢这种摸索，黑暗让摸索充满了追逐和探究的乐趣，那是无止境的曲线往复，从一头到另外一头，带着体温和气息，当一头结束之后，也许那只是几厘米的手指，而另一头，更光洁的更饱满的弧度之上，摸索又会重新开始。从我接触到她的头发起，那就意味着一场薰衣草色的睡眠已经启动，她发根的深处有一种令人刺激的芬芳，那种芬芳来自我们家乡的一种金橘，它挥发性的甘油香味非常浓烈，果皮总是青色的，只有在最后几天才会变为红色，孩子们喜欢挤出它的汁液来互相捉弄。我们纯洁无瑕地回到子宫，她会停止一切思想，不管我们所处的地方究竟是繁华还是荒凉，她都会以一声漫长而快乐的叹息，重新伏到我的胸口之上，用小手继续那直到黎明的摸索。

和她不同的是，当她的手重新开始摸索的时候，我的思想却刚刚开始，她是你经常会遇到的那种脑子里永远会缺根筋的人，极品的笨女子，容易被捕猎和打击的女子，比如说，她研究我刚买的新手机，问我什么是格式化，我说格式化就是清理掉里面的一切存储，还原为空白……当我刚开始回答的时候，她就已经按动了格式化键，等我回答完之后，她才"啊"的一声，从这心不在焉的摆弄中惊醒过来。

看着她的这副模样我总有一些快感，因为所有的社交活动，都会有人想骗走她，她实在是太笨了，有时候还出不知银川是哪个省会的笑话，所幸，她自打四岁就认定一生死活要跟着我，这种执拗的力量与生俱来，即使天崩地缺也无法改变。

四岁？得了吧！我是唯一一个明白这事存在的人，一个三十一岁的杂志老编辑，如何与一个本来星光灿烂的女歌手长相厮守。因为她，这城市里总会生出一些黑暗的立场，而不会在若有若无的光芒中渐行渐远。

经过这两次一惊一乍的“闹鬼”事故之后，我们的生活逐渐回到平衡，即使我知道这种所谓的平衡终将为某种岁月和环境的力量所打断，我也愿意将之维持下去，因为我以后越来越明白，这种平衡不是北漂生涯中相对的幸福，而肯定是绝对的幸福。

她迅速地融入到城市的生活中去，但也只是表面上的融入而已，仅凭那一小点与生俱来的执着，她会做彻底的融入，绝不可能被融化。她就像一年级新生一样，尝试各种各样的城市活动，而我对这些活动已经麻木，它们充满着虚伪的寒暄，和欲望克制的礼仪，我做好饭菜，她津津有味给我讲白日的见闻，我姑妄听之，这就是我们的平衡，这种平衡的结果就是，夜晚她会继续搂着我，开始讲一些虚幻的城市之梦，比如房子一定要在三环边上之类，但我比她更明白生活的真实之处究竟在哪里，我把1700一个月的一室一厅合同签了两年，这个房子在八里庄，刚好在四环边上，我已经感到足够的幸运，我已经闻到了北京房价暴涨的风雨序幕，每次路过中介门店都让我惊慌不已，不知道明天在哪里。

她开始有了新朋友，新朋友吸引了她的注意力，这个事情的好处是她不再那么神经质地敏感，夜晚也许厨房里还是有些莫名其妙的响动，她沉浸在自己的快乐中，就不会听见，我们继续做饭，做爱，聊天。骨子里我特别讨厌小芹在社交中认识的人，不管哪一个我都挺讨厌的，什么红酒会啊，首映式啊，国学讲座啊，相比之下，她参加网球活动认识的那些人还稍微有点人样，但认真看几眼，还是挺讨厌的。当然，我不会轻易暴露我的厌恶之情，尤其是她眼色迷离向我讲述这些活动是多么精彩，那些家伙是多么有趣的时候，说到精彩的地方，她眼睛里会有星星一般的光芒在持续闪烁。我不反驳她，并不意味我就认可了她这些乱七八糟的活动，认可了这些乌烟瘴气的人，尤其是男人！

我只是舍不得她眼睛里的星星突然消失罢了。我记得她提起过很多名字，刘海成啊，王东星啊，贾贾啊，可能我稍微认可的是一个叫付朝晖的牙医，小芹说只要没人主动和他打招呼，他就埋头在刻一枚图章，永远没有刻完的时候，这很像我小时候自己没事咬铅笔上的橡皮头的模样。最近她又提起一个什么冯大卫，是什么美籍华人，风度翩翩，网球打得漂亮得不得了，用浅易的英语教我老婆打网球，老婆进步很快，英语也变得很溜。

所以，当她提出这个冯大卫要来我家吃晚饭的时候，我并没有像以往那样变得怒不可遏。以往，活在故事中和闯到我家里来有一条不可逾越的界限，她邀请朋友来只是想证明他们之间的友谊的纯粹性罢了，但我认为她既然天天在家，最迟不超过凌晨一点回家睡觉，那就无需证明什么。但这次不同，老婆在进步，所以要感谢人家一下。但我还是看不起冯大卫，所有见了我老婆就开始夸夸其谈的人，我都看不起。

当她带着冯大卫按响门铃的时候，场面完全出乎我的意料，那不是一个想象中肌肉暴起，阳光健康的男人，而是一个中年的胖子，胖子！竟然还是个秃顶，胖成那样，还留着仁丹胡子——这是不是有点太过了？真的受不了，他还穿了格子衬衣，还穿了背带裤。照以往，光是前两条就足够让我疯掉，何况那该死的背带裤。有好几次我看见穿背带裤的男人，都想象自己从后面给了那玩意一剪刀。

所以，在寒暄之后，她激动地谈起冯大卫的厨艺是多么棒，希望他能给我全家献艺，我果断地制止了，且我事先就拿出了我的立场来，既然是你的朋友，那你去做饭，别指望用我的厨艺去讨好他，谁叫他是个男的呢。

罢了，当小芹关上厨房门以后，我就打起精神和这个冯大卫聊天，以便尽早挨到饭点。我们谈了很多东西，什么波士顿啊，波士顿河啊，波士顿河上的赛艇啊，赛艇上的哈佛学生啊，这特无聊，特装。后来他又谈起了拉斯维加斯，谈起了拉斯维加斯的女人，还故意压低了嗓门——这显得挺可笑，谁不知道他和我谈女人，是故意要显得对小芹不感兴趣，好像和我这么深刻地谈女人，以后就真的能成哥们了。得了，居心叵测，还是赶紧吃完饭拉倒吧。

当他从拉斯维加斯扯到胡佛水坝的时候，我再也忍不住了，我认为水坝和拉斯维加斯一点关系都没有。“水坝把水拦住了，而不是浇灌拉斯维加斯，这个地方发展起来，关水坝什么事情。”他还在喋喋不休地说他去过那个水坝，是那个水坝让内华达成为了绿洲，我想赶紧换一个话题，他却掏出钥匙来，一个精巧的吊坠在钥匙上面，那正是胡佛水坝的模型。看见这个玩意，我有点拉不下脸来：“你买这个就是想证明给人看，这种证明有何含义?”

他说:“因为我在水坝上面打过网球。”

我再也忍不住了,疯子,简直就是个疯子!我说水坝我也去过,上面是一条大路,都是观光车,载重卡车,你怎么可能上去打网球。我连珠炮一样发问,把他逼急了,他眼珠子滴溜溜地转,说我要一支铅笔,一张纸,我说没有。但他在窗台上发现了铅笔和纸张,他抓过来,飞快地在上面画起了草图,一座大坝的模样飞快呈现了出来,他画得很不赖,这让我安静了下来,他边画边解说:“这个大坝,每年冬天水只能到这里。”他嘴巴和手上都越来越快,有点让人喘不过气来:“他们要检修,他们把大坝两头都拦起来,我和他们的头弗兰克认识。”说吧,说吧,你全都认识。

冯大卫越说越激动:“我趁他们工休的时候,让他放我和伊芙琳进去玩,我们就在里面不拉球网地对打,有时候,球飞下大坝,天啊!飞下去整整220多米高,让你的肚子都在发抖。”他说的时候,顺便把大坝的泄洪道划拉得很长,然后,他开始在大坝的两头画人的形状。“很多人都见过我们俩在那里,我和伊芙琳,他们被围栏挡住,看我们,邵尔斯,钱德勒,巴布亚洛全家,一条叫福尔曼的狗……”他疯狂地涂抹这些人形,人群在大坝两边越来越密集,简直让人透不过气。他后来干脆都不是在画画了,而是在用铅笔毁灭大坝。“他们都看到伊芙琳了,我无处可去,伊芙琳在他们眼皮下消失了,妈的,妈的……”

我胆战心惊地问了一句,到底怎么了?怎么了?他什么都不说了,脸颊涨得通红,鼻孔像火车头一样喷出热气,他埋头只干一样活儿,就是用铅笔奋力在大坝上面戳洞,很多小孔,我看见水流从小孔中溅出来,像水密胶失灵的水龙头,那细小的水流突然就变成了碗口粗的水柱。他还在奋力地毁灭大坝，我说行了，行了，我已经明白了！但他怎么都打不住了，水柱不断汇聚，从溪流变成了江河，几乎有上百万吨水从大坝倾泻下来，后来是上亿吨的水，连天空都吞没了，我浑身湿透，脊背在瑟瑟发抖。

我们是否发生了一些矛盾和争吵，或者只是暗地里的较劲，我不得而知。直到小芹大喝一声："你们别闹了，吃饭了。"我才从那大坝的坍塌中回过神来，这荒唐的聊天，终于也宣告结束了。

我暗地里猜到他为何如此激动，因为他潜意识里认为小芹不应该和我这么个东西混在一起，每当小芹骄傲地穿起她的白色蕾丝裙子，然后半倾着头，向一些男人注射笑容的时候，所有人都会认为我不配和她待在一起，在八里庄的出租房睡在一起。杜路曾经鬼头鬼脑地对我说："你发了啊，哈哈，你比我富多了，这种货色，在天上人间是一万五一夜啊，你每天挣一万五，啧啧……"

我从冯大卫的激动中悟出了一点东西，我猜到也许以后我可以和他发展为亦敌亦友的关系，甚至开始有点喜欢他了，本来那顿饭吃得挺让我同情冯大卫的，但他终于表现出了真实的一面：他干过如此疯狂的事情让人佩服，在我家里疯狂地画素描也令人激赏，他不但有才华，而且有真性情，且敢于在我面前表露出来。这就像在篮球场上和我强力冲撞的三号位对手，被我欺负了上百次，当他的肩膀终于将我的肋骨撞痛的时候，我反而感到了一种快感。

我和冯大卫果真成了朋友，在经过几次网球和篮球邀约之后，我越发看到他身上闪烁着真诚和坦率的东西。他也发现我在球场上的粗狂和沟通的乐趣，男人和男人之间更容易惺惺相惜，不像女人那样表面融洽，心底却充满嫉妒和比较。大卫很想教我如何挣钱，他是衷心希望我能和小芹过上好日子，可惜我们是不同的行当，但参观他的公司还是让我充满了嫉妒。

他邀请我过去是因为听说我父亲的心脏不好，刚好他们有一款听心音的家用产品，在一次篮球活动结束后，他开上他黑色的奔驰 G500，带我去了工体南路。这辆方头方脑的车和他有很多类似之处，脸型，体型，尤其是有棱有角的个性，并且这辆车只能是黑色的，如果非要给它笨拙迟钝的外观换一种颜色，那么它肯定会变得一无是处。这辆怪物一路吼叫着冲到了一栋灰色老式大楼的门口，你可以想象，里面只能装一些充满了力量的东西。

他的公司出品一些小型的家用医疗仪器，专利都是他自己的，两三个加班的女孩还在打电话处理订单和工厂的包装之类。冯大卫的办公室是和她们共用一个开间，或者说仅仅是开间中的一个区域而已。“她们喜欢看着我坐在这里，其实我不是要威慑她们，而是要给她们一点安全感。”

我说：“如果将来条件好点，你有自己单独的办公室，也得始终把门敞开，让员工知道你每秒都会欢迎他们进来。”

他笑了一下，带着球赛结束之后，大汗全部出透的淋漓感：“这其实和条件没有关系，我需要的是效率，做我们这行的，实际上永远是在被刀子顶着往前走。”

他说起他的一个供应商，做了二十年的器械生产，身家早已上亿了，却一直住在厂房里面，老婆孩子都快被他逼疯了。“我很理解他的，在他的生活中，害怕失败的恐惧，远远压倒了取得成功的喜悦，如果你将来有自己的事业，而不是一直在给别人打工，你肯定会明白这一点。”

他看见我来了兴趣，就把那几种产品一一介绍给我，最后他拿出那个心音器，告诉我使用方法，这玩意把听诊器能得到的那些声音，全部给数字化量化了，心率，频率，舒张额外音，收缩额外音，必要时还可以报警。“尤其是老人，监听的时候得有旁人在场。”

“不是一个人就可以操作吗？”

他的思绪好像飘到了很远的地方：“是可以一个人操作，但自己听自己的心音，感觉就是自己在和自己的灵魂说话，这容易产生恐惧。”

“是恐惧自己变老？”

“也不是，应该说该如何承认自己变老。很多老年人在自己很老的时候都没法承认这一点，他们需要人陪着。”

想不到他还有这样一种心肠去做自己的产品，我想说几句您充满爱心之类的恭维话，想想太过肉麻，就放下了。

他主动又将这个话题接了下去，可能觉得自己赚钱已经不是问题，他会想得更多一些。

“你知道钱有什么用吗？有时候真的一点用都没有。”

“它在一定程度上是有用的。”

“是的，比如像你需要在北京买个房子，你就会觉得钱很有用。但像我这样的，我考虑的不是如何活得好的问题。”

我问：“你的意思是？”

大卫眼睛里有了很明亮的光芒，好像这个答案已经没有任何含糊之处，绝对真理，全世界也只有那么一两条而已：“我是说大多数人只知道自己该怎么活着，而不知道自己该怎么死去。这个话说起来难听，但你要知道，生和死的关系就是电路的正极和负极，数学的正数和负数，加法和减法。怎么可以去回避它呢？哪里有生意只有加法，没有减法的？只有收入，没有开销的？”

他告诉我他的想法：“所以，不敢谈这个的人必定要失败，对于我来说，我想有一个孩子，将来他会把我的照片抱在胸口……”

听到这里，我有点不想和他继续这个话题了，他自顾自地接着说：“这心愿很简单，因为我在两个世界里都会有温暖，我之所以拼命挣钱，是想保证，这种温暖会在两个世界同时存在，永远不会消散。”

看着我默然不语，心不在焉地看着心音器说明书上密密麻麻的小字，他唉了一声，我抬起头来。

他带着神秘的微笑：“想知道那天我为什么给你画那张铅笔图吗？”

我激动地点了点头：“是啊，你的表现不可思议，太神奇了。”

“这其实是一种摄魂术！”

“摄魂术？”

“嗯，这其实很简单，就是我通过我的表情，我的语言和行为，一步步剥离你的抵抗，让你的注意力全部转移到我身上来。”

“你这不是和催眠术类似吗？”

“不是，尤其是对付像你这么嘎的人，催眠术是完全没有用的。想想，如果有个人疯子一样地在你耳边不停地说：面对这浩渺的宇宙，你神秘的微笑，会漂浮其中……你肯定要么就笑了，要么就马上给他一拳。”

我确实笑了：“哈哈，我是听着挺恶心的。”

他也在笑：“所以，我用的是摄魂术，听起来有点恐怖，但很正常，乡下的巫师就是用这个祷神。比如那天，你完全被我的行为所吸引，完全掉入了我的眼神、我的呼吸、我的喃喃自语中，你的精神彻底放松了，你的感官也彻底放松了！”

“然后呢？”

“然后我就可以让你看到，我想让你看到的任何东西！”

我似乎有点明白了，但不敢肯定是不是真能看到“任何东西”，如果真能那样也太爽了。

“你后来看到大水了吧？”

“是的，是的。”

“哇，你没有去过现场，那个地方的水真的大，即使你不沾上一滴水，那漂浮的水汽也能让你脊背的衣服贴在背上，只需要两分钟，你一定想把衣服脱下来拧……”

“你是专门学了这个吗？”

“不是，在美国上大学的时候，我发现有的老师讲课讲得真好，不是他们内容好，而是我觉得里面有让人失魂的东西，你根本无法让视线去离开他。所以，后面我就开始学点这个，我发现美国那些印第安土著部落，阿克玛人，瓦霍纳人，苏族人，还有非洲的布须曼人，辛马人，不丹王国的宗卡人，当然，还有中国的一些少数民族部落，但我没有考察过，只知道肯定是有的。”

我也来了兴趣：“能推荐下书吗？”

他神秘地笑笑：“你还是别学吧，没有意义，李小芹说你其实很优秀的，你对外国文化了如指掌，还记住了不少社科类的，你读书挺多,这挺好,不像我这么杂。”

“那都是以前的事情了……”

“我知道,她说你记忆力超人,后来不用读也够用。”

“那你觉得摄魂术对李小芹有用吗?”

他发出了这晚最大的一声笑:“哈哈,一点用都没有!真的,你放心,她心志其实很高,我这点小把戏,她看都不会看的。”

“你介绍给我的那个人不错。”我说。

李小芹正在厨房里洗碗,是我强迫她去的,每次我强迫她做她不喜欢的事情,我都会在脑海里冒出“得意之作”这个词,那里面包含着好为人师、强人所难之类一系列的意思。当然,她不是我作品,而是她父母的作品,是她父母让她如此亭亭玉立,风姿绰约,这点无论她在哪里都无法改变,她唯一作为我的作品的可能性,是她会按照我的设想在这座城市里生活。

即使看一眼背影,我也能感到这个小巧,充满能量的身体的魅力所在,她会孜孜不倦地尝试很多东西,孜孜不倦地和我分享,不管我喜不喜欢。有时候她是很出色的,而不是她的作为有多出色,而是她的举手投足之间,都充满一种颇为自信的敏捷,所有人在兴高采烈做一件事情的时候,往往就是她们最美丽的时候,这让厨房、工作间,甚至售票大厅都会充满一种魅力。有时候这种自信是愚蠢的,但现在不是。

她几乎每隔几秒都会把水喉调大或者调小,大的水流扑到铝制汤盆上,发出隆隆充满快意的鸣叫,细的水流则可以发出竖琴那样婉转的声音。这里面有些规律,比如在倒进洗洁精的时候,水流必定是小的,冲刷的时候,必定是大的,她精巧地控制着水流，在做最后清洗的时候，她会把水喉拧成一条最细小的线，几乎快断裂为水滴，她一边和我聊天，一边做着这她最厌恶的活计——一旦她决定去做了，她肯定是要比我耐心的，绝不争分夺秒，而是受虐式地享受其中。

这让我想起了她唱KTV的模样，每次她在第一首歌之前，都会不停摆弄麦克风，距离，角度，从侧面入气还是从顶端，她一系列的手势都透出江南的灵气和自信，我的朋友们会好奇地望着她，直到第一声歌声传出，声若行云，犹如天籁。

她说："呸，你还看不起王海燕哪。冯大卫就是她介绍给我认识的。"

我没好气地说："那你以为王海燕就是好人了？这个女人，只知道到处蹭吃蹭喝，顺便捎上你长脸，她比你还浅薄。"

李小芹也不高兴了："你就是说我浅薄咯？是啊，我读的书没有你多，但对外面的人，我比你更会沟通。"

"你无非也是沟通好王海燕这种货色而已，真正有内涵的人，是不可能和你们这些人做朋友的。"

"呸，那你的朋友呢？你那些什么杜路啊，戴逸啊，这些人有内涵了？依我看，他们只有内伤。"

我扑哧一下笑了："什么内伤啊？"

"看见我们在一起，黯然神伤！"

晚上躺在床上的时候，她突然又哭了，主要是因为工作的事情。"两千块底薪有什么用啊，每次你不给我钱，我都没法出门。"

我安慰她，广告公司的业务员一般都是这样，等你签到单的时候，一切都会好的，才两个月，急什么啊。

她的泪水还是止不住地落下来："他们都看不起我呢，我连361这样的公司都不知道，更别说他们老总叫什么名字，推广部是谁了。其实我不怪你，我知道工作就是这样，我只是想发泄一下。"

我把她搂了过来，任由她的泪水打湿了我的胸膛。"我知道我这里条件也不好，但我们不是真的在一起了吗？你说过，只要在一起就是幸福的。"

"那你也别和我吹什么牛啊，说什么肯定有一万五一个月，说什么将来肯定有北京户口。"

"我没有吹牛啊，前提是你得努力才是，我不可能给你发一万五一个月的工资。"

"那户口呢？户口你都没有，我怎么会有。"

"你是事业单位编制，想办法调过来就是……"

"放屁，你还指望我通天呢！你就是想骗我过来！"

她哭得更厉害了，我一时无语，夜晚的黑色大潮不可遏制地扑了过来，倦意如海浪一样舒服，却充满无可奈何的疲惫。不远处冰城烧烤的吵闹声也越发不安，我瞬间好像也失去了所有的安全感，只能把她搂得更紧，她肯定同样如此，我知道她失去了一些东西，在烧烤摊上痛饮之后，无比畅快的东西，她曾经沉溺，而不愿醒来的东西。

也不知道多久过去了，她哭泣的抽搐越来越弱，外面蟋蟀的声音听得很清晰，和着她小小的心跳，我决心就让她今晚这么趴在我胸膛上睡，想想就挺悲哀，这是我们唯一的温暖所在，我们一无是处，除了这一尺的胸口，我们其实根本无处可去。

我想睡着，我想从梦里洄游，洄游到六年前的我和她，我们骑着摩托车冲上大堤，她飘散的头发挠到我的脸上，干燥又温暖，河流带着黄浊的水，还有密密麻麻的挖沙船，这枯燥的风景耗干我们的青春，那些风卷起隐秘的欲望，让她的胸脯无比贴近我，不管我这暴躁而鲁莽的骑士，会将我的 SUZUKI250 骑向何方。

她的抽搐越来越微弱，好像马上快睡着了，我们的规律是，我一定得肯定她睡着了，我才会睡着，然后她醒来，我还没有醒来。

然而她是没有睡着的，她突然睁开了眼睛，尽管四周一团漆黑，那么近的距离，我仍然看见她眼睛里神奇的光亮。

"我睡不着！"

"好吧。"

"我要和你聊天！"

"好吧。"

她又开始了那漫长记忆的回顾，有时候陷入苦苦的思索之中：

"你说你最早的记忆，是看见爷爷去世的模样，而我最早的记忆，却是你……每个大人都说我四岁头骨骨折的那回事，我不记得是怎么骨折的，也不知道痛，我妈妈说是在你妈妈医院里治好的。"

我几乎没有插话，只是偶尔提醒她，我家里人是谁，是在什么时候。

"那时候你十岁了是吧，你说过你天天放学要首先去你妈妈的医院写作业，但你知不知道你多无聊，你每次都要冲进我的病房，然后狠狠捏我的鼻子，害得我出不过气来，你说：妈，妈，这个不是我妹妹，你干吗把她放这里，快把她赶走，赶走。”

我笑了，我记得呢。“我妈说那是何阿姨的女儿，也是我的妹妹。”

“你就是个混蛋而已，我受那么重的伤，你还死命捏我，掐我，我痛得要死，恨不得杀了你。

“但你有时候又没有来医院写作业，那连摸我的人都没有了，我孤单得要命，又恨不得你赶快过来，我喜欢看见你猴子一样冲进病房，对着我大吼大叫的模样，但我不喜欢你那样用力捏我。”

我说：“你不可能记得那么清楚，晕死，你还带着思考的呢。”

她叹了口气：“信不信由你吧，人是多么神秘的动物，你是没心没肺的人，永远不会明白。”

她继续着她的故事，也许里面充满了夸张和不切实际的想象，但听听也无妨，女孩的世界是多么奇妙啊。

“其实我后来根本没有再见过你，你偶尔全家来我家吃饭，你对我爸爸妈妈怕得要命，像根木头一样，让我留不下任何印象。至少，你上中学的时候，我就再也没有见到过你，至少得六年吧。

“我偶尔听我妈妈说，你成绩很好，即使一直待在市一中，你也是成绩最好的男生，哈哈，像你这样的野蛮人，成绩怎么可能好呢？奇怪。

“你大学时候，我也从未见过你，我知道你必定毕业，工作，恋爱，结婚，你必定进入国家机关，必定快乐又健康。

“然后我也上大学了，在师大音乐系那个破地方，我 17 岁，好引人注目，到处都感觉别人在盯着我看，老师都说，哪里来了个这么精致的娃娃啊。我觉得那里没有一个人能够配得上我，我一直没有恋爱，然后我想象我从小到大认识过的人，我也想到过你，我想到你小时候那种明亮又野蛮的眼神，我想如果你长到一米八高，你搂着我走，我会多么骄傲啊。

“我只好委曲求全地爱上别人，哎——”

她狠狠掐了我一把：“该死的，你睡着了吗？”

我说我没有呢：“我想起来了，你来了。”

“是啊，那一次全省电视歌手大奖赛，我是处心积虑地来找你，其实我可以找刘河清老师帮忙的，他每年都是评委，找你一个破记者有什么用呢。但我就是想找你，没有想到你这个混蛋先让我准备三千块钱去打点——买那么多香烟。”

我说：“我没有占你一分钱便宜的，我本来想你也得感谢我，后来，我发现你我如此熟悉，我就赦免了你。”

“就算你有点良心吧，你果真变帅了，还不是那么野蛮了，我很高兴呢。

“比赛的时候，其实我一直在看着你唱，你却表现得像个贼一样，那么多人，你还不认真听，还在东张西望。我说你是在找美女吧，你说你不是，你是看你的同行有几个人在这里……喂，你别睡啊，你记得我唱的什么歌吗。”

“《望月》。”

“对的，我只得了第四名，我没有入围，但我还是很高兴，因为，因为我认定，我有了你……”

我叹了口气：“其实那时候我快结婚了。”

“那关我什么事啊，你后来对我挺好的，你以为我没有入围不高兴了，你骑着摩托车，带我去我想去的任何地方，只要我高兴，去哪里都行。你还记得不，我们一起去看了我的三个同学，省交通厅一个，林学院一个，还有树木岭的那个。”

我说：“是的，许静！”

“我们一起在森林小屋吃的晚饭呢，然后你说你回报社值夜班，你就想赶我走。”

“我没有赶你走！”

“我知道，你得上班，但你永远不明白我多么舍不得你，我想抱着你的后背，一直坐在摩托车上，随便你带我去哪里，然而你要上什么鬼班，编什么大样。”

她的眼泪不可遏制地流淌了出来，在这个夜晚点燃无数思绪的火花，唉，我是真的记得呢，后来的事情就像录像带一样，无论我什么时候拿出来，我都可以精确到每分每秒。我送了这个晚饭后一直发呆的女孩去了火车站，在充满霉味和汗味的售票大厅里，我用记者证抢下了去西阳市的最后一张坐票，然后像勋章一样，从无边际的学生和民工模样排队者中举起，远远地朝向她，我踮起脚尖露出得意的笑容，我这可悲的职业在那个年代让我骄傲。

我的骄傲似乎永远与她无关，她呆立着像一根木头一样，眼睛根本没有望向我，直到我穿越重重人海，走到她的身边。

那一瞬间她失魂落魄，无法阻挡这告别的发生，除了比赛，她也许再也没有借口来找我，抢到火车票的我如同一个胜利者一样，要将她押解回乡。那破败拥挤的候车室，那两百瓦的三十多个大型白炽灯，那弥漫的烟雾和咳嗽，摆满行李和疲惫双腿的长椅，成为我们最后的告别之处。

我们绕过密密麻麻的编织袋行李大包，脱下的臭鞋，来不及收走的矿泉水瓶子，我紧张不安地带着她穿过我们最后的障碍，我一边看表一边安慰她：你明年可以继续来博一次，我们提早点打点。一趟列车进站了，一个穿着蓝衣，带着红袖章的女人用高音喇叭在大吼着："各位旅客注意秩序，不要拥挤。"她反复重复着这句话，令人厌恶。当她看见拥挤的队伍里有一个女人手里抱着个小孩，另一只手还牵着一个的时候，就赶紧扔下高音喇叭过去帮忙，这时候她又显得不是那么可恶了。

"你放心，我再也不会来了。"

那好吧，我最后看了一眼手表，晚上八点四十分，离我的夜班开始还有二十分钟。

我说我得走了，你找个地方坐下吧。

她说我不想坐，火车只有半个小时就来了，就这么站着吧。

我说那好吧，我走了。

当我走出候车室大门的时候，我最后看了一眼她：她站在那里倦容满面，依然不看向我，也不看向任何地方，在一片昏黄蓝黑的洪流之中，她的明黄色毛衣是如此醒目，像被水流托住的一片秋叶，她那一刻其实已经下了决心，任由时间之流将她冲向任何地方。

她把外套夹在自己的胳膊下，我担心那件外套会随时掉下来。

美军占领费卢杰大部分城区；

神秘病毒在非洲感染三千人；

世界最长跨海大桥通车……

我处理好了一堆距离甚远的稿件，然后又开始打电话，为今晚的时评约稿，在我打完三个电话之后，沈潜答应来写新世纪的饥荒危机这个题目。

在最后两条稿件到来之前，我有时间来看一下新编辑系统的考试资料，同时为明天改版会议打一下腹稿。

我盯着电脑屏幕，明天即将登上报纸的六千多字黑压压地扑过来，我开始了复杂的检阅，保证它们不能错一个字，也不能会错一个意思。

在这强度最大的劳动到来之前，我情不自禁地点燃了一支香烟，然后边看稿件，边回想有什么遗漏的。这是我非常好的工作习惯，可以一心二用，我可以一边写通讯，一边在脑子里把今晚的版面设计好，也可以一边电话采访，一边从目录中检索出国际趣味。

现在我的任务是，千万不要有遗漏的东西，中央会议，尤其是和本省有关的，领导的排名，还有明天的采访车安排，还有明年会议的通知，还有即将到来的实习生……

我飞快地在脑子里转动这些业务，确认它们一定会妥当，或者到时候肯定会妥当，我才会嬉皮笑脸地走到排版间，走到值班总编那里确定头条。

我唯一可能遗漏的，就是我的烟灰不会弹了，它们会自动跌落在桌子上，然后我得用纸巾擦去它们。

在我打扫第一块烟灰的时候，我还是在想，我真的没有遗漏什么吗？我肯定是遗漏了什么。

一阵巨大的不安紧紧地抓住了我的心，我遗漏的到底是什么？

那该死的东西到底是什么，那个实习生的电话？我拿起手机，他就在短信里面呢。

那到底是什么啊。我焦急地突然站了起来，摸索起自己的口袋，钱包在，钥匙在，回家路上买的香烟也在……

那到底是什么？我打开钱包，我的身份证在，我所有的银行卡也在，我的纸币也在，我焦虑地拨开那几张绿色红色的百元钞票，拨开那堆零钱——

那张火车票静静躺在那里：K1013 次，长沙至西阳，21 点 17 分开，座号 6 车 79。

我看了看表，现在是 22 点 45.

一阵汗水从我前额冒出，我大叫小苏，小苏。

小苏说，我在这儿啊。

我说："稿子我都选好了，你帮我盯一下版样，然后送给滕总。注意，千万别出错啊——"

她说："我根本就不知道你没有给我火车票，你明白不。"

我说：我不知道呢，我把自己给吓死了，我飞快地奔向火车站，我看见你还站在那里，和离开时候的表情，姿势都一模一样。

她说："是的，我都站傻了，我哭都哭不出来，我以为你走了我会哭，但我就是哭不出来，就是傻傻站着，看着一拨又一拨登车的人群从我这里挤过去。我不知道我站了多少时间。"

"其实没有多少时间，就是一个多小时。"

"是啊，已经很久了，好吧，我看见你突然又跑进来，以为你爱上我了。"

我不能确定是不是这回事，总之，我把那张可怜的火车票递上去的同时，紧紧抱住了她。

她带着深不可测的怨恨说："你肯定是存心的，你故意赶走我，然后自己把火车票藏了起来。"

然后，我们离开了那里，我不想再回头看了，而她却回头看了一眼，那里混乱的人群和弥漫的灯火肯定将持续到黎明，她说："以后如果你胆敢抛弃我，我就继续站在这里等你！"

当我们回顾完这些往事之后，实际上已经快黎明了。我沉入到一种半明半暗的记忆之中，白色的月光照耀着白色的流云，在最后一丝白色的流云被染成粉红色之前，在第一滴露水降临树梢之前，我彻底摆脱昏暗之夜，前进到一种明亮的梦中。这种梦境往往具备高度的视觉感和极为清晰的记忆，经验来自于我的母亲——我的母亲喜欢从凌晨开始打扫房间，全然不管其他人是睡着了还是需要赶路，她沉溺于早晨的劳动，这是夜晚的神灵和白昼的神灵交换位置的时刻，她诡异的身影悄悄潜入到我的梦境之中，我坚信除了她，世上并无人可以这样做，因此我从未恐惧。然而，这个明亮的梦境势必又进入到另外一个地方——每次我倍感压力的时候，它都会来到那里，耀眼的教室，堆积如山的试卷，我满怀恐惧地陷入试卷的海洋，微积分，地理，海淀模拟，黄冈模拟，当我在做着黄冈语文试卷的同时，我还在担忧那六册《历史》课本，我需要确认，如果我集中注意力默想，它们当中的每一章，每一个年份数字，是不是还在我的脑海里。

这些可怕的试卷不断挤压我的梦境，终于酝酿成为一场集体高歌和集体冲刺的狂欢，我身边每一个同学都在狂喜着加入一场战争，他们所有的面孔都因为大声朗诵而在扭曲，有上百张面孔，上千张试卷，这些面孔最终漂浮起来，试卷也漂浮起来，他们像两种不同的气体在互相融合，旋转着，上升着，进入彼此的身体，最后汇聚为一团薰衣草颜色的云雾，让人再也无法呼吸。

我努力想挣脱这团云雾，我开始咳嗽，肺部疼痛，然后整个胸口也开始疼痛，如同被淹没进了混凝土的巨坑，我想挣扎，大叫，我明白，如果我能喊出来我肯定会醒来，我能醒来，一切的恶果将离我而去。

我奋力伸出手，在混凝土的泥沼中拉住绝望的墙壁……

“童明！”一声凄厉的尖叫终于将我拖了起来，我的胸口确实发出一阵剧痛。

这剧痛让最可怕的梦境也彻底被杀死，李小芹蜷缩在被子里，几乎是用一种极其寒冷的悲鸣在喊：“厨……厨房……”

我一跃而起冲向了厨房，拉亮了白炽灯，排风扇像刚刚被人关掉，正在有气无力地做最后几圈转动，一丝若有若无的油烟味，弥漫进我的鼻孔，但一切如此洁净，像什么都没有发生，灶台一尘不染，炒锅漆黑油亮，什么都没有，甚至连恐惧都没有。

这到底算怎么回事，我高喊了几声：“谁啊？谁啊？”

我一脚踢开了卫生间的门，以为会有什么小动物藏在里面，但什么都没有，那只永远拧不紧的水龙头，在以两秒一滴的速度淌下水滴。

我强迫自己冷静下来，想想吧，到底还有什么细节，在我的左侧，在那堵贴满了洁白马赛克瓷片的墙壁后面，我似乎听到了几声脚步，我知道在那堵墙的后面，就是楼梯。

我拉开门，我只穿着内裤，不顾羞耻地冲了出去，我跑下两层楼，来到单元门口，探出头去。

这凌晨的景象正和我梦中的相似——天边有几块褐色的斑点，当它们变成白色的时候，黎明就真的快到来了，一个灰衣的男子，推着早餐车沉重地向街边走去，车身上写着包子、油条、豆浆、花卷、肉夹馍等等的价格。他将这辆装满粮食的车吃力地推上一个小台阶，旁边还有一辆蓝色的手推清洁车，那辆车的主人也会在清晨开始工作。我转向另一边，看见肖阿姨在花坛边站着，也许她准备锻炼，但不忘记抽上这一天的第一支烟，就着凌晨清冽的空气，这正是肺部最敏感的时候，她没有看见我。

顺着那辆早餐车目力的尽头，有几个男女的身影正在走向一片朦胧之中，也许他们将要奔赴的是第一班地铁……

我无法走出这个单元门，哪怕一步。

第二章

一盘炒藕片，被我处理得温润如玉，碟子里没有任何水分，也没有任何油迹——它们都被恰到好处地吸收到了藕片里，我的秘诀是加一点水，不然干炒只要有油，它必定会呈现或多或少的焦黑，如果加上的话，你也难保它们不会发生彼此的粘连，我有自己的方法，那就是用一汤匙水，在藕片刚刚炒散的时候放进去，然后盖上锅盖，十秒钟，从此再也不用加水。

何姨享受着我的美味，她把一片藕总是分成两次吃下去，先得把它咬断，感觉那里面毫无抵抗力的脆感，她说，想不到从前肮脏野蛮的小子厨艺这么好。我知道势必会有这一天的降临，他们来看望女儿，这对我不是考试，而是一场精神上的浩劫——除了做饭，我什么地方也无法令他们满意，小芹来了已经七个月了，她也无法将这浩劫推迟得更长。我希望何姨能喜欢我，她能为一场爱情的诞生而感到宽慰，李叔我是不发愁的，他的态度总是只要女儿快乐就好，如果他没有看见她脸上的愁容，他永远不必担心发生了什么。

何姨说："想不到你们条件这么艰苦……"

小芹马上出来帮我抵挡："这在北京已经是很幸福啦，我们离上班的地方都不到一个小时的路。”

何姨狐疑地望着我：“都是这么远吗？”

我说：“也有很近的，但近也不意味着花的时间会少点。”

她无奈地伸出筷子，又开始品尝我做的青椒焖鳜鱼。这道菜让她发出礼貌的微笑：“还不错喔，就是那个辣椒……”

我说：“一般都只有海南辣椒卖呢，我们那种螺丝椒都没有的，丁字椒更是从来没有见过。”

“湖藕也不会有吧？”

“也没有，我买到过的都是假的，虽然外面有凹槽，关节也没有须，里面丝也很长，但就是怎么炖都发硬，也没有那种糯甜的感觉。”

藕断丝连这个成语，其实就是形容湖藕的，而不是塘藕，只有湖藕的丝才可能拉出很长，我至今不明白它们的生长环境是如何造就了它们的不同，塘藕是水上盆景的铺垫之物，而湖藕则承受着洪水泛滥的野蛮。

李叔微笑着不停喝酒，何姨继续着她的询问，所幸，每一个地方，从收入到交通，从业余活动到朋友圈，她都只问一两句，然后就转到别的地方，这容易给人造成一种无所谓的假象，但我猜到这很难无所谓。

在我准备打扫厨房的时候，小芹递给我一个袋子：“这里面是你的换洗衣物，这几天要辛苦你了。”

我说：“没事，我也好久没有去杜路家里睡觉了，好好带你爸爸妈妈玩几天吧。”

“哎，”她突然贴近我的耳朵，头发上淡淡的香味，让我瞬间是那么不舍，“万一……万一厨房里又那个该怎么办？”

我说:“不用管它,它自己会消失,这个房子没有烟道,排风扇是直接对着外面的,外面的风会把响动和气味也带进来,就这么回事!”

那几天我和杜路每天要打四个小时的《穿越火线》,然后又回头重温《反恐精英》,我们配合娴熟,我虚晃一下,他就跳出来用狙击步枪点杀对手,我们肆无忌惮在半夜大吼,踩着敌人的尸体,在弹尽粮绝之后举起匕首,如同回到我们刚来北京时的屌丝岁月,不同之处是他有了房子,我有了固定的女友。

我们重返“红魔之夜”歌厅,他带来几个莫名其妙的女子,说是要为我的爱情祝福,然后让我买单。有一个女子吸引我的注意力,她总是刻意和我们这群痛饮的人保持着不远的距离。她偶尔坐到高脚椅上唱歌,然后坐回来,和我们喝上半杯,然后又坐过去。她穿着低胸蕾丝吊带白衫,黑色阔脚麻质裤,黄色镶着水钻的高跟凉鞋。她大概很明白这一点,坐得远一点,反而会有人更喜欢看着她,她的肩头、臀部,还有耳后那一小片洁白的皮肤,都显露着一种暴露的技巧,那没有什么直接的诱惑,而是一种呈现的习惯,如何在众生颠倒之际,不使夜晚过渡沉溺。

她喜欢唱戴佩妮和江美琪,这两个既不大众也不小众的歌手都和她有点类似,都善于在给你亲切感的同时也保留着独立性,如同你在商场或者街角经常遇到,飘然而过的美丽女子,没有男人陪伴的孤芳自赏,也从来没有任何经验可以去猜测。

她歌唱,令她醉倒的不是科罗娜,而是歌词:

回不去的那段相知相许美好

都在发黄的信纸上闪耀
那是青春　失去记号
莫怪读了心还会跳
你是否也还记得那一段美好
也许写给你的信早扔掉
这样才好　你的年少
你已在别处都得到……

她有点摇晃地从高脚椅上下来，然后坐到我的身边，把一杯啤酒一饮而尽，这是这一晚上，我第一次看见她一口能喝干一杯，她之所以坐到我身边，是因为用余光看见我也在一字不漏地跟着她哼那首歌。此时我身上已经皮肤发红，熏烈的烟草味道让自己都不敢闻自己的衣服，酒杯里已经肮脏不堪，她看着酒杯里残留的一点泡沫，似乎在寻找一点微醉之际的记忆，那些记忆也许被拖得太久，埋藏得太深，在大功率音箱无休止的回旋中，在微风之上消失无踪。

所以她只能继续，如同黎明依旧固执闪烁的霓虹。

而我此刻无比想念小芹，她不说话的时候，她不再和我讨论什么的时候，她是我怀里抱紧的小小的一盆龙舌兰，没有什么能比这只有两尺的拥抱更为寂寞。

我的回家之夜下起了一阵中雨，这个地方的雨从来不会像江南那样弥漫得一塌糊涂，雨仍然是雨，在雨水不到的地方依然干燥，这个世界泾渭分明，干燥和湿润的交界，则是热和冷的交替。烧烤店的焦香在雨的缝隙中通行无碍，单元楼上垂着的那种叫做老虎爪的藤本植物，因为有着屋檐的遮挡，甚至还洗不去一丝灰烬。那些拥挤的阳台之上，有很多人家没有收拾衣服，丝袜，牛仔裤，吊带背心都还继续挂在哪里，它们在雨幕中确定很多外来者的存在，雨在这个城市并非风景，只要它停止了，就好像什么事情都从未发生一样。

是她打电话叫我回来的，语气里听不出任何意图，到底是送她父母还是我们需要出去玩一次。当我敲开房门的时候，看见他们三个人神情肃穆地聚集在餐厅里，何姨的脚下是两个行李包，有一个是我的，蓝色的耐克。

何姨眼神充满了愤怒的火焰："你出去之后，我们在这里说了两天。"

什么，是什么事情需要说两天？

她说："对不起，我死也不能让小芹和你在一起。"

然后她将她的火焰全部喷发了出来："她为了你，把国税局的男朋友也抛弃了，还有学校里的事业单位工作。你知道那个工作是我们多少钱买来的吗？五万块！现在十五万都买不回，而你——你给她找的所谓的工作，要多少年才能挣回来！"

我说："不可能的，她明年，明年一定会很好——"

小芹也急了："妈，好好和他说。"

她同时打断了我们两个人的话："什么明年？你答应过她的没有一分钱做到，她的户口呢？她的前途呢？她的房子呢？"

"我没有说过这些，我只是说……"

"你只是花言巧语把她骗来是吧？你知道她将来会多惨吗？她的编制已经取消了，她根本回不去了。"

然后这个女人，这个用尽所有生命去战斗，用尽所有生命去争取一家人生存的矮个子女人，几乎是用她一生最大的力量，一手提起一个行李袋，把两袋行李向我掷过来。

"你赶快滚吧，就算她待在北京，也不需要你这样的窝囊废！"

那个是她丈夫的男人，在她开火的时候一言不发，继续用他那醉酒式的冷漠眼神看着我。

我其实无法挪动一步，这是我家，这是我的房子，即使是租来的也是我的地方，我们温暖的巢穴，此刻发出着粉身碎骨般的战栗，我想把那两个行李包砸在她的脸上，我只想做这一件事，热血上头，赶走噩梦中的幽灵。

然后小芹，我最亲爱的女孩，她眼睛里充满了鲜血一样的红色泪水，深不见底的泪水，也许是灯火和熬夜让那种泪水变成这般模样，她什么也说不出来，只是用最凌厉，也是最绝望的目光盯着我，仿佛知道如果我此刻出门，我将永远消失，而她，她将心甘情愿、肝肠寸断地忍受着这痛苦。

我拿起我的行李，转过身去，仿佛是那道目光彻底推走了我。

仅仅是两个小时之内，我从中雨中离开了杜路的家，然后又在大雨里返回，浑身透湿，两个行李袋里装着我所有的衣物和一台电脑，杜路看见我的模样仿佛看见了鬼魂："天啊，你到底怎么了？"

我也仿佛像魂魄分身一样看见了自己的模样：我眼窝深陷，额头漆黑，脸色铁青。

我回到原来租住的房间，是在她父母离开一个星期之后，她无法承受她父母离去后的孤单、绝望，还有深不可测的恐惧。

我们机械地重复着每天的生活，但一种默契和温暖似已永远消失。我们在凌晨六点半的漆黑中醒来，加湿器的水分早已耗尽，我穿上牛仔裤、灰色的毛衣和一件白色的羽绒服，我有不轻不重的肾结石，腰部经常有坠胀感，起床后的第一件事是喝完400毫升的水，她需要一盒牛奶，和几克雅诗兰黛的保湿霜，在盥洗室里比我要多待上20分钟，我有意地错开我们的时间，不再等待，先出门搭乘地铁，这样八点半左右，我就会准时出现在杂志社，我有半个小时厘清早会的要领，看见部门的人到齐之后开始会议。

工作午餐，然后是和流程编辑的讨论，盯住每一篇文章的进度。整个下午，加上下班后两个小时，我都在不停喝水，偶尔躲到楼梯间里去跳绳，抽半支香烟，另外半支去等待清洁工，偶尔从排气窗眺望三元桥往东的那一片巨大的杨树林，杨树林中的小径通往北京城内仅有的几个城市坟场，还有一片最后未被征收的农民的平房，现在，它们叶子日渐稀疏，根部往上一米的地方都刷上了石灰，如果冬天来临，它们将成为穿着同一双靴子，瑟缩不安的士兵。

我固执地错过晚高峰，宁愿在下班后写一首诗，或者看上一个小时的美剧，在食堂吃一顿饭，晚餐的食堂只有五六个人进餐，因为那里所有的食物都是中午剩下的，往往是酸菜粉皮和香菇青菜。

我甚至会到十点钟才回家，有时候就是最后一班地铁，选择车厢连接处站立，那里的目光不会遭遇到任何人，也不会有任何人从背后通过。在地铁电梯上行到一半的时候，往往就有一股巨大的冷风从通道吹过来，我将回到那里，但那里的一部分已经永远消失。

我非常地落寞难过，我们依旧在深夜做爱，我变得沉默又剧烈，她也必须用这样的方式索取一点安全感，有时候她用羽绒服裹上赤裸的身体，靠在床背无声地抽泣："难道你就不能原谅我的父母吗？他们是为了我幸福。"

我说："我不会原谅他们，但我会忘记他们。我不能原谅的是你。"

她又像藤本植物一样缠住我，一种渺小而固执的力量再次索要我的身体。"我什么都不能说对吧？他们在的时候我什么都不能说。"

"你可以说的，即使是分手，即使你父母再多的想法，也应该是你来说，而不是他们来说，他们更没有权力赶我出去。"

"但他们是我的父母……"

"对不起，我和他们不熟，他们没有养过我，所以也没有权力来干涉我。"

她哭得更厉害了，那种缠绕也越发显得绝望。

这是我的弱点，有的事情，我永远无法战胜自身的难过，尽管我彻底地了解她。

"我无法再安慰你吗？"

是的，不管什么力量，都不能把那令人憎恶的一幕抹掉。何况，我不需要安慰，她已经给了我很多，我曾经因此骄傲，一条越来越宽阔的河流，将我们慢慢隔开，我们依然手拉着手，在必要的时候，在冬季的狂风袭来的时候，然而，我们越来越少彼此对望。

我在工作中找到了一些寄托，她却不依不饶地想要打破这僵局，表面上这僵局是她父母，也许是我的无能造成的，而更深的东西，只能我在心里去咀嚼无数次。

有时候她看电视的时候会突然乐不可支，一定得拖上我看《奋斗》或者《奥运往前冲》，我们也偶尔去 KTV，和我的朋友、她的朋友一起合唱《北京欢迎你》。她深知我的固执，其实也是深知我的自私，明白仅仅靠这些娱乐仍然是不够的，她开始刻意地改变自己，往成熟的那方面靠，开始和我讨论人脉、资源，我以前说过她肤浅，她就看一些管理或者策划之类的图书，也慢慢看起了政经新闻，知道了 GDP、CPI。

她无疑在拓宽着自己在北京的领域，而且得让我相信这一切都是为了我们两个，她和王海燕两个一起出门，参加各种聚会，用两个人的业务范围去拜访一些人。她来来回回说着那些神通广大的人，而我总是不置可否，印象最深的一次是她说她们一起去见了一个国家电网的领导，在她们介绍自己时候，那个家伙盯着文件一言不发，选择性地在她们语言间隙露出一些笑容，非常专注地快速审阅着文件，当他抬起头来的时候，李小芹说那种目光一看就非常凌厉，肯定是个不得了的人物，“他飞快地从我脸上扫到脚下，那目光锐利得如同把我身上立马脱光，好像一把刀子那样”。

我非常地恶心：“以后不要和她去见这些人。”

她有点失望：“王海燕说这些人都是非常厉害的，也不见得个个都是色狼。”

为了证明她这些交际的坦诚，她把一些短信和聊天记录也给我看——实际上她介绍冯大卫的时候也是这么做的。我唯一感兴趣的是一个男子的QQ相册，那个名字我瞬间都给忘记了，只记得他和“美厨帮”这个名字有关，这是我的职业习惯，记住了各种出色的广告词的同时却往往忘记了人。相册里有很多他做的菜，我从背景光里分辨出那种没有经过美图修饰的高超技艺，我无论如何也达不到那个水平的，琥珀色的汤汁，表皮明显发酥，但仍然紧裹着肉质的禽类，显然可以用筷子轻轻挑起来，然后很完整地撕下。各种坚果环绕的蔬菜，明黄的淡黑的，他不是个刀工和摆盘的高手，但那些蔬菜还保持着未被烹调过的模样。他还很会用水果做菜，用最易于搭配的菠萝、蜜橘、柠檬，我偶尔会学着做这样的东西，因为我很少去餐馆吃这样的东西，做过之后就忘记了，也不再去改良进步，这些华丽的大餐往往需要上十次的重复，才能被我彻底解构清楚。

我们不再去触碰那个禁忌，我固守自己的城堡，再也不想挪动一步，她却在不断尝试，想为这一切来个彻底的改变，不再关心我在公司做些什么，出差又做了些什么，她默默积蓄着力量，再也不说那些天真的幻想。在冬季彻底来临之前，我们在一个最不适合旅行的季节去了一次十渡，我们选择在五渡下了车，在农家院里吃索然无味的柴鸡、野菜和小米粥，我进入了一段梦游般的旅途，黄昏，隔壁房间里的几个年轻人去院外点篝火，因为狂风大作怎么都无法点燃，他们悻悻地又继续喝酒，厨房里又传来老板娘摆弄锅铲的噪音。在土炕上吸烟我觉得越发干燥，于是也走到了院外，风把黄栌、槭树、榆树，各种颜色的落叶成堆地卷起，无尽地向我覆盖过来，淹没我的足踝，还有一些落到了我的脸上，还有那些狂舞的枝条，总有一天，它们将光秃而笔直地伸向天空。

这种景象会淹没所有的脚步声，而我仍能感觉到她跟在我的身后，带着一小点的婉转和不安，她星光一般的眼神会在落叶之舞中亮起又淹没，我们成了在彼此边缘摸索的人，无论与世隔绝还是投入繁华，所有的欢喜和凄楚都不再有清晰的轮廓。我的表面既是容忍也是不宽恕，我无法想清她是在背叛我，还是用一种极端的方式暂时渡过难关，那时我学不会慈悲地离开和宽恕，我在施行一种温柔的冷暴力，内心却渴望着能有一种力量能彻底放出光芒。如果能让这种抽离了本能喜悦的冷暴力结束，除非她能变成另外一个我。

她确实也在想方设法重新靠近我，但人生永远也无法只若初见，在我越来越懒得做饭的时候，她频繁下厨，有一次还尝试极品的菜式，她用一个下午时间做了鱼肚辽参，火候显然过头了，鱼肚成为了一堆淀粉、脂肪和蛋白的黏稠物，辽参烂成了一根根的细丝，加上一碟油麦菜和外卖的酱肉，她用盈盈的笑意欣赏着自己，我却无声地进餐，将碗底浑浊又营养丰富的汤汁一饮而尽，眼神却盯向墙上的挂历。

"你，你就不能表扬我一句吗？"

她也放下了碗，她在彻底的孤立中抹着眼泪，她离开所有的宠爱曾经奔向我，只为一份更坚定的爱。

我记得我曾将一支冰冷的体温计放进她的腋窝，将她用单手轻巧地抱起放在被子上面，她在床上惊叫，做出一个侧翻。我不敢看她的眼泪，还有那眼泪里无尽的孤单和力不从心。我只是突然明白了我的冷暴力究竟为何物，那其实是一种巨大的哀愁，它里面写的是——我们没有未来，我们的生活，和她的父母根本无关。

我僵死的下午工作被她的一个电话打断了，她说她辞职了，换工作了，她语气平静地说了很多，大意是她将去一个大型的房地产公司上班，她已经背着我应聘了很多公司，接到了四份试用，她选择了这一家。电话的最后，她告诉我，她马上会开始新工作，地点在桂海。

我问："那你打算什么时候走？"

她沉默了一会："现在！"

"我正带着行李在机场，之所以不想和你告别，是害怕看见你的冷漠，也害怕自己哭。"

她平静如常，带着久经折磨之后的彻底释然，我拿着电话的手却颤抖起来，也许我哭了。

她最后说："等着我，我会回来，我们一定会幸福。"

我想起了什么："是不是王海燕介绍你去的。"

"不是，你放心，我一定会很好的，如果暂时不联系你也不要着急，再见。"

她终于走了，我们之间的电话，好像在较劲似的，我期待着她能告诉我她到底在干什么，她也期待着我的主动问候，于是我们很长时间，大概有三个多月没有任何联系，直到有一天我得回家过年了，我想象，也许我在老家能和她聚一下，我终于拨起了她的电话，回音却是停机。

杜路说，都是你自己害的，女子如果要做个决断，总比男人更狠。

过年的时候,我父亲悄悄告诉我,她也没有回来,他说:“其实你早该想明白了,她根本不适合你,你是一个需要照顾的人,而她野心太多。”

新年开始了,我和一个同行谈起了一段寡然无味、若有若无的恋爱,她来我家吃饭,我们一起参加台球、K歌之类的聚会,但我不留她在我家住宿,她整洁又平凡,从不和我讨论未来或者是深刻的东西,我感觉,她能陪伴我熬过更久的时光,毫无怨言,甚至比李小芹更长久。在北京,有太多我们这样的人都是如此无怨无悔地过着,所有的不幸其实也可以忽略,因为那渺小的不幸,总能为更多的忙碌所取代。

吕晓薇从不知我和她的事情,也不知我为何喜欢一个人发呆,也不会多问,她以为我整日沉浸于那种万字调查文章所带来的思考。杜路则以为我又开始没心没肺地寻开心,我们的事情冯大卫也知道,他更频繁地邀我去打篮球、打网球,每次打完都要在一起吃晚饭,有一次他临时有事,酒局取消,我得自己去吃饭,于是我走路去公交站。在篮球公园的那条银杏大道上,他开着那辆黑色的奔驰吉普又追上了我,停下来和我说话。

“我看到你背影有点失魂落魄。”

“你是怎么看出来的。”

“节奏,很难言语的东西,你选择的,是让你自己不痛快的路线。”

“好吧,我是想早点回去。”

他神秘地笑笑:“她已经不在你家了。”

“还有别人呢，我可以做到不想她。”

“但她和我说过，她不可能不想你的——”

“这是我们之间的事情，随缘吧。”

“行不？你啊……要么这样，明天不是周末吗？我带你去一个地方，在那里，你可以尽情想她，或者是一点不想她，总之，你会很开心。”

我们从北京走京承高速，向北驶去，出京的方向有点堵，但空气不错，雾霾季节早已过去，我们一路开着车窗，等车到高速上已经跑得很畅快了，我们反而关上了车窗，各自点燃一支中华烟享受着。我们下午已经在他的公司里喝了几杯威士忌——冯大卫在白天从来不怕酒驾这回事，他只走主干道，现在威士忌的酒力过后，我头脑里却越发锐利和清醒，封闭的车厢完美地保留了烟气，我闭上眼睛，品尝着那种夹杂着威士忌余威和高纯烟草所带来的温柔力道，几口过后，一阵虚弱感贯穿脑叶，我想把脑袋靠后往任何想去的地方想，然而穿梭不息的车流和明晃晃的大灯，还有冯大卫的微笑都让我不敢这样做，我在虚弱和话题之间不停找乐子。

他说：“你知道吗？打球这回事是最开心的，因为运动神经的兴奋能把其他所有的区域彻底覆盖。”

“我可以给你提供一个反证，长跑可不是这样，在那么漫长的时间里你总得想点什么。”

他思索了几秒钟：“其实，你指的是慢跑，而不是竞赛式的长跑，长跑的话你会不停逼迫自己提高血氧含量，强制性呼吸，还有肌肉的力道，都在强迫自己的运动神经，不断施压，施压，你根本不会想别的。”

这家伙真的很厉害，我不得不服：“你说得对，其实，一般人参加的也只是慢跑而已，状态还比较放松。我喜欢这样的慢跑，在这个过程中想什么都能很彻底，当一个事情被彻底到不能再彻底的时候，就会有源源不断的灵感冒出来……”

他又说：“但专业选手是不一样的，那些专业的马拉松选手，肯定会在两个小时多的时间里想很多很多别的，他们有实力这样做。而你没有实力。”

从京承高速一个出口拐弯，速度快得我根本不知道是哪个出口，收费站也是刷卡一晃而过。我感觉应该是在牛郎峪和黄土窝之间，要么就是干脆在沿着水库开，道路越来越不好，有时候就是蹭着树枝开过，他停车好几次，反复确认路线，然后拨了几个电话。

“我们应该很近了，不能再反反复复地问路了，别人会烦。”

最后，他把车开到一片被铁丝网围起来的树林前面，那里有一个自动门的入口，他打了最后一个电话，门开了，里面的路不再让车辆颠簸，是混凝土笔直的，所有的球形路灯都开着，最后他把车停到一栋巨大的白色楼房前，那里灯火通明，照耀着粗大的罗马柱，车灯映在黑色大理石的墙壁上，这是个奢华而隐秘的地方。然而我们并没有下车，那里还有四辆同样巨大的 SUV，冯大卫打开车窗和他们寒暄了几句，大家又把车开出了自动门。

不知道是在什么地方，我隐隐听到了潮水拍岸的响动，所有的车一起停了，然而大灯还是打开的，冯大卫拉着我下车，一辆福特猛禽车头装着大功率的低音炮外置音响，开始播放电子乐，几个和冯大卫类似的男子凑在一起交谈，还有五六名女子，她们无一例外都精致而性感，用牛仔裤或者紧身裤裹出曼妙的身材。

冯大卫从车里拿出一沓 CD，仔细挑选，然后一个男子分发香烟，没有任何寒暄，或者是询问，所有人都彬彬有礼地互相微笑，女孩们骄傲地吸着烟卷，感叹今夜的星光和微风都是如此美好。还有男子搬下来一些食品，饮料和啤酒，龙舌兰酒，苏格兰威士忌，还有野餐垫，冯大卫吩咐我：“把烟吸到底，不要急着吐出来。”

我突然有了一种带着眩晕的快感，星空此刻距离我如此之近，每个女孩都在望着我微笑。

“不要企图坐下来，那些垫子不是给你坐的，快，走一走或者跳一跳，现在不用拘谨了，想和谁说话就和谁说话。”

这时候另一台车上闪烁出彩色的灯光，天啊，这是舞台的球形灯光，怎么到这里来了，五彩的旋转之光很好地控制着，绝不射向天空，只是偶尔会照到密林和一望无际的水面。这是黑暗中的安全之处，他们开始跳舞，冯大卫尽情享受着自己发明的节拍，其他男人也类似，但女孩们显然更擅长于控制自己的身体，做得媚惑而不失节制。

烟卷、啤酒和烈性酒让我的大脑有了针扎一样的刺痛感，我随心而动，很高兴能有这么多人在我身边，灯光就像金属的刀片一样刺破我的身体，夜晚光滑而凉爽。整个夜晚我们这伙人都彼此微笑，要么抱着互相打转，看样子一定会持续到黎明，只能不停旋转，只要一停下来，身边的人肯定会消失。

我终于支撑不住，笑着倒在了柔软的野餐垫上，冯大卫马上又把我拉起来：“走，和她去游泳。”

他把一个穿着黄色带亮片紧身裤的女孩扯向我，她看起来很小，对一切都肆无忌惮的小。

“我会淹死的。”

“不会，我们事先都看过了地方，不然来这里干吗，快走，走！”

我拉着女孩的手，看见水有点犹豫，冯大卫说：“快下去，直接下去，换洗衣服，还有浴巾，都给你们带好了。”

我的脚一沾水又有点犹豫，女孩也有点，现在毕竟不是夏天，当水流淹没足踝之后，一阵电击般的暖流反而穿透脑髓，我的额头冒汗了，像是有很多垃圾从大脑彻底清扫出去，我拉着女孩彻底扑进水中，女孩肯定此刻也为我的举动而骄傲。她把小腿紧紧缠绕在我的大腿之上，双手搂住我的脖子，像绝对温柔而懒惰的动物。她把嘴唇慢慢贴近我，在我不远的地方，一声巨大的水响让我战栗起来，那应该是体型更大的冯大卫，瞬间抱着我的这具美丽躯壳仿佛失去了所有的生命力，她的头发、颧骨、鼻孔、胸脯、小腹、脚趾，她像一片容易腐烂的树叶一样，漂浮着，无力地离我而去。

我爬上岸，开始呕吐，在电子乐的轰鸣和水花四溅的嬉戏中，没有人看见我在干什么，我是挣扎上岸的软体动物。对不起，冯大卫，请原谅我的独处，我已经发泄完所有的孤寂和悲伤，此刻所有人要么战斗，要么安眠。我吐了个翻江倒海后抬起头来，清醒了不少，音乐依然轰鸣，我却感觉四周悄无声息，只有一丝冥冥中的感应吸引着我，我抬起头，看见她站在遥远的海岸，在风云翻涌的月光之下，隔着万重潮水，她拉上了裙摆，像我之前一样试探水流，如同不管如何寒冷和深浅，也要逆流而上……

冯大卫说:“经过这一晚,你是否彻底了解了你自己。”

我说:“是的,觉得清楚了好多,你先让我糊涂,再让我清楚。”

他点了点头:“你这是执念,你刻意封死执念的闸门,反而它们会越来越强大,这根本不是解法。”

“你在和我说佛?”

“不是的,只是一点普通人的困顿而已,你肯定会好,就像我过去一样。”

我相信神秘主义,因为我喜欢神秘主义的很多艺术杰作,我喜欢德国迷幻摇滚,英国诗人叶芝和艾略特,还有画家卢卡斯·莱顿、克劳德·莫奈和丢勒,这一夜让我想起了艾略特笔下的孤帆和腐烂的花朵,莱顿的巨大闪电,和“墙”乐队迟缓而低沉的歌唱。回头再看,这一夜的狂欢具备了某种超现实主义的特质,那些神秘的体验还远远不能称之为艺术。但那具旋转着的炫光灯发挥了巨大的功效,它为这群疯子圈定了舞台,从而让这场聚会成为了滑稽的戏剧表演,光芒是行动,触摸是语言,我们在水做的幕布之上,将这场演出架设于风中。

冯大卫的好心让我在几个月之后,发现自己还是会透过感官和记忆的茫茫森林,看见我们隔绝而分离的日子,她的夜晚铺满月光,浩大的风将她的裙摆紧紧裹在小腿上。

春天的风暴席卷了北京,我那可恶厨房的风扇,在夜里依旧呜呜响个不停,这总比冬天要好很多,冬天的时候,只要一打开厨房门,就是一种杀气腾腾的冷剑刺向面部,晚上显得更加鬼气森森。李小芹冬天来临之前选择离开,我不能不怀疑这里面会有一些心理暗示，如果那里真有鬼魂存在，她早已深受其害。

说到鬼魂，我不得不想起我一生仅有一次的遭遇，我并不信鬼神，我认为鬼神乃是超人之人，即使我遇见过不可思议的相逢，我也认为那只是沟通的超能力而已，每个人其实都具备这样的超能力，只是大多数人会逐渐忘记它。唯有少数人，甘愿保留源头的记忆，一言不发。

大学时睡我下铺的金盛同学，是那种精力无限充沛之人，晚上要么秉烛夜读一个叫做雪米莉的男人写的小说，要么独自拿着扑克牌算命，他的算法我至今搞不明白，只需你说一个字，他就按那个字摆弄扑克牌，实习前我随口说了一个“江”字，他说挺背，我肯定一时找不着工作，他又给自己想了个字，给自己算，算完后长久默然无语，最后叹出一声大凶，后来我才知道但凡占卜打卦之事，决不可冲着自己，那时候我们都太年轻，从书摊买一些书来胡乱演习，根本不知道这回事。

传说金盛和女友在一起的时候可以通宵不寐，他偶尔也跳窜到我的下铺，两个人肩并肩坐着小声聊天，我很想求证这事，又觉得这不可能，他在寝室里的时间比我们任何一个人都要长。后来实习，我去了南方一个城市，他继续留在上海。果真南方那里的老师都不喜欢我，因为我总是自以为是想一些古怪的题目。那里的夏天闷如蒸笼，大群的蚊子和着石榴花香翩然起舞，我日日在文字和版面中苦熬，一边盘算着既然前路茫茫，不如早日回家，我在这里显然运数已尽，晚上越发夜不能寐，盘桓在那里的最后几日，更是需要在没有电扇的房间里苦熬到凌晨才能睡着，而这睡眠也总是似梦非梦，好像依稀还处在学期末的学校之中。一夜，他来了，又从上铺飞跃而下，把我摇醒，我只听见他在喊借个火，借个火，我很愤怒，还是递给了他打火机，在火光照亮他面部的同时，他有点意味深长地对着我笑，然后深吸一口烟，说："对不起啊，只想抽口烟，我已经死了，觉得那里好闷。"

第二天下午，果真接到室友的电话，说他死了，被街边斗殴的流氓误伤，匕首划破了股动脉，血溅到墙上，然后流了满地，他几乎是瞬间休克，血压全无。

我知道在水库岸边看到小芹也绝非没有来由，这提醒我正视我和她之间的事情——她音信全无可能是一种决然的告别，也可能是在做殊死的努力，既然已经习惯如此麻木的生活，两种答案我都能接受，我需要的是确认，确认她活得好好的就好。想明白了这点，我那几天突然无比振作，写稿子之前都不再留恋那几口烟，说灭掉就灭掉，一个提问提纲一般是十二个问题，我却要准备上二十个才善罢甘休。我在公司重新变得神采奕奕，目光炯炯，空闲的时候还猛攻《法国知识分子的世纪》和《德国美学文选》这样不着边际的大部头书籍，我坚信总有一天它们会和我的工作发生联系，创造将因它们而动人。

实际上，我在工作上的所有努力都是在重新激活我的大脑，确认我在任何事情上都不能再犯错误，首要的便是小芹。我首先打到她以前公司的总机，找到了王海燕——这肯定是我首先能做到的事情，王海燕对我的电话一点也不吃惊："呀，还念念不忘啊，你想干吗啊？"

"我想知道她是不是好好的。"

"她能不好好的吗？嘿嘿，难道你就想知道这么点而已。"

"是的，仅此而已。"

她换了种安慰的语气："她其实挺会照顾自己的，你放心，其实呢，我联系不到她的时间和你是一样长，我们的处境类似。”

我说：“她走之前到底和你说去干吗了？”

王海燕说：“你是怀疑我是不？以为是我给她出的主意？”

“不会的，一切都是她自己选择的。”

“那好吧，她反正和我告别的时候挺开心的，她要去桂海的一个房地产公司，据说规模很大，不是去做销售，而是什么，什么品牌经理。”

我觉得这有点像开玩笑，如果是销售的话我反而会放心了。“她做不了那个，那个公司叫什么名字？”

“海天，好像就是这两个字，很容易记的。”

第三章

我百度了一下，只得到海天集团的一点基本资料，成立于1999年，注册资本1500万，总经理陈少鸿……开发有海韵城、海虹城、海心雅苑等多个楼盘，尝试打一下登记电话，却早已停机。我是绝不可能去询问她父母的，我得不动声色地把她的去向搞清楚，最好是她在那里结婚了，我可从此放下这一份执念，安然面对吕晓薇的关怀，最好是换个房间，重新开始。其实这个事情挺容易的，只要能找到海天集团的一个人，问一下就OK。

我的职业背景颇可以掩饰我的不动声色，同事王宏找了个《桂海早报》的朋友，问了下这个公司的情况，我盯着他打的电话，三分钟之后，王宏要我直接去和对方通话，他告诉我，那边是陈潇，他在新闻系的师弟，他想直接和我说。

陈潇的嗓音充满了新闻热血青年似的直率："海天现在做得很大啊，我们当地人都很震撼。"

"怎么了？"

"就是一群群的北京人都去他们公司了，大把地买房，前几个月有两百多人，他们不但买海天的房子，还把附近的房子也租下，就像在桂海度假似的，来了的人都很少离开，都像是下定决心在桂海度过一生，现在都八千多人了……”

我听得有点稀里糊涂，北京不到处都有外地海景房的广告传单吗？几乎沿海的二线城市都有，为何要麇集到小小的桂海市？

对于这个事情，陈潇如所有初出茅庐的记者一样充满着异乎寻常的热情：“我也想做这个题目呢，发展到这个模样，这就不是海天的事情了，而是桂海的事情，但我们主任兴趣并不大，因为海天从来不在我们报纸上打广告……要么这样吧，如果你也有兴趣，我带你一起跑跑，即使发不了稿子，做做功课也是很有意思的。”

三天之后，我请了年假——我并不能以工作之名完成这场旅行，我们杂志对于所有含糊不清的选题，无法归纳出具体目的和采访框架的选题一概不会同意，我买了一张六折的机票，预订了廉价的经济型酒店，我算了一下，大概一起得花四千多，每多逗留一天，至少得多花上150块钱。唯一有可能省下这笔开销的办法，是我在那里的寻人和采访都能得到收获，我可以凭我的稿子报销掉大部分开销。

仅有五十万人口的桂海市，五六年前曾因沿海开发区获批，出现过房地产的爆炸式增长，房价几乎翻了三倍，然而好景不长，这个地方缺少产业支撑，可供炒作的题材一年就被翻了个干干净净，此后房价被打回原形，海边还出现了大量的烂尾楼。陈潇告诉我，海天公司之所以能重振旗鼓，是因为完全采取了一种不同的营销和推广的模式，那具体是什么他也不甚了了——这个公司对当地人防范非常严格，管理层基本从北京招聘过来，也从不在当地做任何推广，他所知道的只有这么多，如果不是大量的北京人在此定居，他可能永远不会关心桂海公司。

从机场到市区的高速路，我远远看到了陈潇所说的那些楼盘，它们在海岸线连接为巨大的规模，如同野蛮生长的红树林，一个人倘若投身于此，不但真如同面朝大海，春暖花开，他似乎也将获得彻底的自由，在此隐姓埋名，或者呼风唤雨。

我很容易在街道上分辨这里哪些是本地人，哪些是外地人，本地人个个和陈潇类似，颧骨有些凸起，脸颊有些凹下，偏黑的皮肤使得脑门都显得有点大，他们好看的地方在于眼睛，几乎没有北方的那种眯缝眼。经常看见带着草帽、挎着藤篮的女孩坐在路边对着来往车辆招手，她们喜欢用浅色的裙子搭配草帽，在藤篮里热带水果的装饰之下，她们的眼睛无一例外都有一种真挚的热情在闪动。

我是按照地图认真分析了酒店周边的环境，一切和我预料的一模一样：生活很方便，远离针对游客的商业区，到处都是当地人的食肆和南杂店，还有很多贩卖水果、鲜花和鲜鱼的流动摊贩，从凤凰树上拉着的灯泡可以看出，街道两边的步道晚上都会被改造为大排档。经常也有衣着鲜亮的外地人从这里走过，很容易分辨，他们脚下绝不会穿人字拖鞋，手机也不会别在腰带上的劣质皮壳里，他们好像对这里已经非常熟悉，不是东张西望，而是拿着布袋直接采购自己想要的东西。

陈潇说他的难度在于自己就长了一张本地人的脸，无论他用什么借口都会令人怀疑——所以他很盼望我过来。他递给我一些海天公司的宣传材料，有点让我吃惊，那不是普通楼盘广告所注重的户型、交通、配套等等方面的资料，而是用各种文字，各种图册，各种音视频组合成的居住乌托邦描述，各种针对不同年龄段人群的心灵鸡汤，和关于桂海愿景的丰富想象，《海天，我们在此相遇》《一生，一城，一花，一心》《桂海——最美的海洋之心》《东盟经济战略的核心之城》《总理在桂海考察纪实》，我随手翻阅了一下，一张题为“海虹城业主欢度国庆”的跨页大照片令人震撼，一群人正在仰望夜空中升起的巨型礼花，每个人手臂上都贴着海虹城的 Logo。这种夜景照片很难照顾到锐度和清晰度，调色也很难到位，因为各种光线会互相影响。它不但拍得非常出色，像素和饱和度都非常惊人，而且印得也非常出色，连亮度仅有二等的黄色恒星也非常到位，可能只有半个针尖那么大。我由此能判断出三个基本的事实：第一，他们有一个出色的摄影师；第二，他们有一个出色的调图师；第三，他们的印刷一定来自深圳某家公司，国内印刷重磅铜版画册最出色的公司。当然，也许这不是他们自己做的，但海天一定会有非常专业的人士在里面，否则稍微高明点的广告公司也能把这些宣传材料糊弄过去。最令我吃惊的是里面的文字：“共和国的礼花终于升起了第 60 次，你的四季还是有不变的歌唱，你站在奔流的队伍之中，你站在了观礼台上……你的举手礼因为年龄会有不同的高度，却永远只有一个方向。”

我马上有了保存一些册子的念头，如果不在乎内容，它里面有的东西真的就是艺术品。

陈潇说：“他们让本地的一些房地产公司大开眼界，却不知道从哪里学起。更重要的是，他们的营销模式更没法学。”

“你知道有多少，都告诉我。”

“简单地说来，他们公司的主要模式是通过老客户进行营销。”

“以老带新，业主自己可以拿点提成，减免下物业费什么，这不很平常吗？”

“不，这绝对不平常，能够短时间聚集到如此多的客户，里面肯定有大利可图。”

我想了一下：“是啊，桂海的人居魅力还没有到这个地步，那么多人万里迢迢跑来是干吗？”

“等吃饭的时候继续说吧。”

晚餐就在酒店边的大排档，品质很好的生蚝只要两块一只，马鲛鱼十四块一斤，青蟹二十五，我庆幸自己选对了地方，即使找不到李小芹，我也并非失去了全部。陈潇说：“他们的营销完全是封闭式的，既不接受顾客单独拜访，也不接受电话询问，必须得有老客户带着你去，并且你一定还得是外地人，最好是北京人，千万还不能有本地口音。”

“那我都具备了，只需找一个老客户就行了。”

“正是这样，我可以帮你找一个。”

随后他要我记下了一个电话，常青青。

看见我狐疑的脸色，他说：“这是一个老太太，人很好，我上次去海天采访的时候认识的，她刚买了海天的房子，也喜欢聊天。”

当然，我不会去打常青青的电话的，她显然距离我来这里的真实目的太远了。第二天醒来，在楼下吃了一碗当地的米线之后，我开始打电话，打那些宣传材料上出现的所有电话，公司总机、销售部、推广部、宣传部……

我先让总机转到了集团办公室。

“你说谁？对不起，我们这里不提供寻人服务。”

“李小芹，她是你们的员工。”

“对不起，我们无法提供本公司任何信息给一个陌生人。”

“我是记者……”

然后那边飞快地放下了电话。

如果从集团办这样的地方找不到，其他的电话势必会更徒劳，除非接电话的刚好是李小芹本人，或者是她的朋友.我继续一个个电话打下去，但他们都像经过了统一培训一样：“对不起，我们不提供寻人服务。”我尝试换各种理由，买房、采访、租铺面，甚至装修都尝试过，我得到的唯一回答都是对不起，我们不接受……

我开始正视自己尴尬的处境：我可以去海天集团的办公楼蹲点守候，风雨无阻，做一个新闻便衣，只要坚持几天，我也许就能遇见李小芹，如果没有遇见，那她根本就没有在这里上班。我也不能确认王海燕是否对我撒了谎，她也根本没有必要撒谎，要么李小芹就有可能是隐藏在海天的某个公寓楼里，要么他们就有更隐秘的办公地点。几十个电话打下来，我意识到自己面对的是一个防守严密，又充满了诱惑力的组织。陈潇是对的，面对此种局面，他会比我更无能，我开始审视他留给我的那个电话，常青青，一个北京的老太太，然后，我按照他给我说的办法，说我是某某的朋友，想在这里买房，看是否能给我介绍一下。

常青青在电话里的声音温柔又清澈，也许四十来岁，也许五十来岁，寒暄一阵以后，马上邀请我去海韵城二期C座1102，她说来了桂海以后，感觉到从未有过的闲适，欢迎任何客人在任何时候打搅。

门虚掩着，她说了一声请进。当我推开门的一刹那，一种奇妙又久违了的亲切感马上扑面而来，我在看见她脸庞的一刹那，马上感觉到这种感觉从何而来：她即使坐在沙发上也能让人感觉到一种力量，她毫不费力地弯着腰对我微笑着，在法兰绒运动装的包裹下，她的大腿到髋部都是紧绷的，很自然地连为一体，只有长期锻炼的身体才会有那种充满了力量感的曲线。不用说，她以前应该当过运动员。

而她看见我的一瞬间，就好像认得我一样，似乎我是一个注定要回家的亲人，而虚掩的门和经年累月不变的坐姿，就是一直为了等待这一刻。她说我一定在哪里见过你。我本能地回答到："我以前做过体育记者，老在龙潭湖那边跑……"

"那就对了，我是常青青，六十年代国家女排的二传手。"

她没有起身，我的到来仿佛让她瞬间年轻了十几岁，下午四点的阳光从角度很大的斜角照在了沙发上，再过两个小时，光线又会退回到阳台上。仅从采光我就能知道这些房屋经过了精心的设计，要达到既明亮又不刺眼的效果，必须得对纬度、季节和时间有过精确的计算，再加上阳台的设计，才能达到如何合理的采光效果。常青青毫不费力地弯着腰，膝盖下放着一个塑料篮子，还有一个不锈钢小盆，她要自己去茶几上拿水喝："我在给你准备晚饭呢，手脏了，想做完再洗。你就自己动手吧，呵，我们搞体育的人都是这么随意，你不要见怪啦。"

我说哪里会呢，一边喝水一边和她开始聊天。

塑料篮子里是当地人称之为梳子鱼的一种小鱼，头部尖，身体细长，和梳齿相似，她用小剪刀将鱼鳍和尾部仔细地剪去，那些部位其实只有指尖那么一点点大，然后她用剪刀在鱼腹处轻轻一划，挤出里面的内脏，再把小鱼丢进不锈钢小盆子里。她没有心事地把梳子鱼一条条收拾干净，细腻得充满了梦想，她的安静和优美在那精密设计过的阳光里真的可以入画，她的皮肤密实光洁，虽然没有那么白，虽然也有一些皱纹，但我看出那种皱纹和一般的老人不一样，大多数老人在老去时皱纹会不可遏制地爬满它们想要去的每个地方，只有少数人会把皱纹收拢在很少的几个地方，额头，法令线。她脸部的脂肪依然饱满地支撑着面孔，支撑起一种幸福感——她在这里遇到的每个人都将使她幸福，生命的过程已经倒流，无需等待。

那些精致的海天公司材料就放在她的旁边，我靠着她坐着，一边翻阅，一边在聊天中慢慢了解了他们基本的营销手段。

她花了三十万买下这个小户型公寓，一室一厅，精装修，并且配好了家具家电，还有不到十万的余款，她每个月付一千二的按揭，真不算多的数目。如果她能拉到三个人来买下同样的房子，那么她的贷款就将得到海天公司豁免。这仅仅是故事的一个开始，她下线的那三个人也可以得到同样的待遇，会不遗余力地带新客户来买房，这是一种典型的九级营销直销模式，如果她的下线能够发展到更多的下线，那么她的级别将不断提升，当然她不会直接把我这样的客户称之为下线，她说我们就是她的亲人，如果她能做到四级以上，那么她将得到一百二十万的回报，如果做到九级，那将是一千二百万的回报。她可以选择在四级的时候拿走她的现金，但公司会回收房子，如果想要继续做下去，她不能一次拿走所有现金，但可以继续保留房子。

这里面一定有海天集团一个精明的算法，而我一时不能马上想清楚，我唯一能确认的是，这是一种相当高明的营销，几乎没有任何道德和法律上的漏洞，他们确实是开发商，客户确实拥有房子，在源源不断的现金涌来的同时，他们的房子也会不断地流通，总有人会带走现金，而留下房子……在一个画册里，我找到了海天集团的全景图，是一个足有一米长的拉页，那简直是一个疯狂的帝国，在漫长的海岸线和桂海市中心间，密密麻麻地有四五十个楼盘，海洋城、海景城、海风城、海韵城、天色景园、天开城、天洋城、天际世家……一期、二期、三期、四期……这恐怖的楼盘足以容纳三十万人之巨，有少数部分是他们自己开发的，有一部分是他们收购的烂尾楼，大概有一半的楼盘标明是在规划，或者在建。

控制如此之大版图的建设和销售，除了胆识和统筹能力，他们一定需要一个组织紧密、纪律严格的庞大队伍来实施，他们会像军队一样高效、果敢、无情，也一定会有很多武器，各种洗脑、培训、地面活动……想到这些，我不禁一阵头皮发紧——仿佛看见了一个身着华丽大袍的蜂王，正安坐在其精心构筑的蜂巢之中，指挥着上万的工蜂，开始着更庞大的建设。

常青青显然已经陷入到这样的梦想中无法自拔，而我在她身上看到的确实是无法言说的幸福，三十万确实在北京什么都买不了，即使拿去付了首付，也不会有这里的新鲜空气、鲜花和大海，何况，这里马上会有上万她的“亲人”，她给我看他们聚会的种种照片，热爱祖国的歌咏比赛，偏远的海岛之游，厨艺大赛，老年团体操培训，健康检查，年轻人的越野拉力赛……她说每个星期都有大型的游乐活动，他们团结如一家，彼此携手，共同打造一个属于未来世界的幸福乌托邦，她万万没有想到，她在这里获得了终极的幸福之感，她那些沧桑的岁月，因为这个幸福的结果，反而成为一种光荣的伤疤。

我们聊了很多，后面她刻意避开谈回报，谈钱，我想看一下合同她也不给我，她说所有的合同和资料都被上家的亲人精心保管着，她对他们绝对信任，因为他们在彼此给予幸福。

“但你没有自己的儿女在这里啊，你会孤单吗？”

“不会，如果你也在这里买了房子，你就是我的儿子。”

“那你亲生的呢？”

说起这里，她有点忧郁，她退休后一直住在松榆里的老房，女儿结婚的时候想要借她的房子先住一阵，要她回国家体委租一间宿舍过渡一下，因为女儿还凑不到上松榆里买房的首付，而她也不愿意将存款全部赌在女儿的身上，女婿更应该为房子的事情负起责任。于是她们母女闹翻了，女儿后来买上了房子，虽然照样每周回来看她，但绝不会在松榆里住上一晚，她每夜孤单入睡，直到另外一个老人将她带来桂海。

在吃饭的过程中，她突然说：“你知道吗，其实我在北京的日子苦够了，早该得到解脱了。”

我猜到她可能不仅仅是因为丈夫去世得早，和女儿又闹翻了，也许还会有别的心结，我脑海里突然想起一个名字，那是六十年代初国家女排的主力二传，苏惠。“当运动员确实也有点苦——对了，你应该认识苏惠阿姨吧。”

她夹起了一条梳子鱼，放在嘴里细细地咀嚼了一阵，一阵思索之后，灿烂地笑了。

“哪里是认识，我们在北京青年队的时候就是队友，后来也一起同甘共苦，我也邀请她来桂海，她说她得把孙子带到四岁再说。”

常青青以前叫作常青，她说那时候她相貌是全队里最小的，而常青这个名字总让人想起洪常青，太严肃了，于是她就改名为常青青，既有活力也充满了动感。她找出一张年轻时的照片，好像生下来她就应该叫这个名字似的：朴素的衣着，纯净到极致的笑容，在北京的漫天黄沙中也像白玉兰盛开。我不禁惊呼：原来那个时代的女选手这么漂亮啊。

她说那时候有多苦啊，北京队建队的时候，场地是队员们自己修的，到开春的时候，所有人都动员起来了，冬天的冻土化掉了，正是劳动的好时候，在先农坛，她们用锄头把土都翻了一层，用大碾子碾压场地，常青青用手扶着杠子，苏惠就在前面拉绳子，最后修成了沙土的训练场。

北京队自己没有碾子，就到国际俱乐部去借，没有车拉，自己用手推，一直推到现在的首都体育师范大学那里，常青青比画着，说那距离，相当于从现在的王府井到三环，整整十五公里，脸都被吹僵了，手指也肿了起来，饿的时候，就背着大风啃馒头，累吗？谁都没有说，因为自己的场地就要修起来了，激动着呢。

场地修好了，漫长的训练却是枯燥的，休息的时候更枯燥，电视也没有，也不能随便外出，常青青最主要的爱好就是唱歌，她在宿舍里不停唱啊唱，一个晚上几乎会把全部会唱的歌唱个干净，《喀秋莎》《划船曲》《送红军》《我的祖国》《海浪》……常青青嗓子好，苏惠就自觉给她伴和声，就是在歌曲末尾呜呜几下，或者在小节间隙幽幽地“啊，啊，啊”几声，一首接一首唱下去，直到唱到大家都困了。

“后来运动来了，我被调整了，调整以后，虽然算不上阶级敌人，但肯定是另外一个阵线里的，我倒霉在出身不好，其实也没有什么，我的父亲解放前在日本公司当职员，就被定了资本家，最后成了反革命，因为他会唱周璇的歌，有时候哼给别人听，并且，‘文化大革命’开始了还哼，哼给小青年听，罪证就是毒害小青年。

“当时来了宣传队，就让我走，我就去谈啊：你凭什么让我走，你要论水平，我是最好的，我成绩也最好，表现我也不差，你凭什么。当时他们是这么解释的：组织上让你走，你就走，组织上让你留，你就留。那你有什么办法啊，你每次找他他就这么跟你说。”

常青青说到这里不仅长叹了一口气，将最后一点剩饭倒在了菜碗里。我赶紧抢过碗碟，收拾进厨房里。她也不劝我了，只是追着我继续说，她在兴头上呢，我没有任何借口去打断她。

后来她下放北京标准件厂劳动，北京标准件厂在鼓楼附近的一个破庙里面，大风呼呼地从破碎的窗户里灌进来，接受改造的工人就在里面劳动。

她彻底从国手变成了车工，做标准件，还学了一手漂亮活。标准件有粗有细，倒边要分毫不差，还要用车刀细细地磨棱角。上班是三班倒，经常昏天黑地的。早上六点上班，五点就得走，有一年冬天她骑着车去上班，突然听到后面“哗”一下，一锅泔水泼了下来，烂菜啊、粥啊，半路杀出来泼到身上了。谁知道那时候是谁恨着她了，反正她也没有反抗的权利了。后来她还带上了徒弟，徒弟根本吃不得工厂里的苦，有一次干活干了一半说要上厕所，竟然倒在厕所里睡着了。

十几年过去后，常青青再也不用改造了，成了工厂的干部，苏惠也熬了过来，成了球队的教练，她第一次来工厂看常青青的时候，两姐妹高兴得抱着直哭。

她说到这里，好像终于从那个既理想又动荡，既单纯也险恶的岁月里找回了一点幸福，她从厨房门后扯出一块手帕，把我的手不由分说地抓过来，仔仔细细地擦。“你还真把碗给洗完了……你看你，要么，你以后就做我的儿子吧。”

我立刻振作精神，喊了一声：“妈！”

她哈哈大笑了几声，然后回到卧室找什么东西，结果还是两手空空出来了，带着一点遗憾：“本来想找点礼物送给你，结果发现好东西都在北京放着，没有带过来呢。怎么办？怎么办？”

“白捡一个妈，这不就是最好的礼物吗？”

她笑得越发痛快了，她说：“你这么会说话……不过第一眼看见你就好亲切的，好像就知道你迟早会来，这样吧，等下还有好多叔叔阿姨都要过来，你都一个个认认。”

我没有想到还有这些不相干的功课，也只能硬着头皮答应了。

傍晚的时候，果真来了五六个老人，他们无一例外地精神矍铄，充满骄傲，对现状异常地满意。他们每个人都在夸我长得又帅又上进，我也一个劲地恭维他们在这里活出了好气色。言谈中他们经常夸一下桂海，十块钱买的艳丽盆栽啦，遇到农民新捕捞的老板鱼啦，免不了又要指责一下北京，空气差啊，交通挤啊，房价高啊，人情冷漠啊，然后大家又开始各聊各的，偶尔两个人会交头接耳，大概是偷偷交流下自己亲人队伍的发展情况之类。只有一件事情让他们能够停止高谈阔论，那就是晚间新闻的开头部分，“国家发展改革委员会领导考察北部湾开发”，“桂临跨海大桥开工建设”，“越南经贸部长考察我市新兴科技园”，他们凝神屏气，异常专注地看着这些新闻，有人想评论一两句，也会招来其他人“嘘”的一声，直到电视里出现领导和海天集团董事长握手的照片，他们突然一起爆发出热烈的欢呼，然后整齐划一地鼓掌，就好像已经排练过千百遍，在心里期待了千百年那样……我从未见过我爸爸这样开心过。

接下来的几天，我在桂海的最大收获变成了常青青，我几乎本能地管她叫妈，我给她做饭，我们一起去小市场买菜，辨认各种各样的鱼，我们聊天，我尽量把话题控制在六七十年代，聊那个时代我知道的人物，各种运动，还有我的母亲。自从我有记忆以来，我的母亲总在做各种各样的腌制品，我的床下，总有几块木板放着等待长霉的豆腐，她做豆腐乳、各种豆瓣酱、腊八豆、泡菜、咸鱼，她永远在不厌其烦地从菜市场，从农村亲戚那里搜寻各种各样的原料，她用巨型的木盆剁红辣椒，伤心的时候她更喜欢做这些事情，你都搞不清她是为何而流泪。常青青觉得这些事情好难，她在运动场耗尽了所有的青春，从来无缘享受自制的美味，食物，仅仅是一种理想的供给品而已，并非是食物本身。想起常青青说的以前那些事情，我更乐意于看到她现在的模样，有什么不妥吗？仔细想想，这样挺好，有精神寄托，有物质追求，有只有央视镜头里才会出现的银色幸福，和安详从容的红叶季节。我之所以和她安心待在一起，不只是我是发自内心地开始喜欢她，而且我知道我的努力绝对不会白费，明天，海天集团的“夏日感恩”聚会就要开始了，在那里，集团的所有员工和领导，还有她这样加入不久的新成员都将欢聚一堂。为了证明我肯定将在那里度过热情而迷人的一个夜晚，她从电视柜底下翻出一张 DVD，那是海天集团春季感恩会的剪辑，奢华的五星级饭店，满满地摆满了两百多桌酒席，巨型的水晶吊灯照耀着无数中老年人幸福而专注的面孔，充满了煽动性的领导讲话，然后是文艺表演，一个年轻女孩穿着露肩的晚礼服款款上台，她转过脸来，略卷的头发从眉梢划过，在她微微一笑的同时，我立刻认出了她——“下面有请集团青年歌手李小芹为大家演唱《烛光里的妈妈》。”

我呆若木鸡，常青青却把一包东西丢在了我的膝盖上：“别发愣，我给你买的衣服，要记得明天穿啊，这个颜色醒目，那里人太多，我怕我找不着你。”我勉强让自己低下头，那是一件紫色的 KAPPA 运动衣。

人，到处都是人，照道理我不应该出现在这里，因为我还不是海天集团的成员，我只是常青青名义上的儿子，但她不知从哪里找来了一个海天的不干胶纸，让我贴在紫色运动衣的左胸，还因为有上次认识的一群伯伯阿姨的掩护，我不动声色地进入了会场。伯伯们有的甚至还打了领结，西装口袋露出白色的手绢，他们从银色的镊子里从容拿过侍者的白毛巾，抹一抹微微冒汗的红色脸膛，带着骄傲落座。

我飞快地扫描着几千张面孔，一个叫罗洪武的，据说是集团总裁的男子上台讲话，因为肚子太大，他几乎将爱马仕的皮带系到了胸口，他用最后的中气喊出：“这是我们的幸福之城，这是中国未来城市生活的标杆，这是属于我们的理想家园，连接北京和桂海，连接未来的大地和天空，我相信，不用五年的时间，我们海天集团，一定会迈上千亿的产值高地，这里面，将有百分之八十都属于你们，你们是我永远的亲人和朋友！”

这时候整个会场爆发出了经久不息的掌声，有的老人因为太过激动不得不捂紧了胸口，常青青，我亲爱的“妈妈”则因为担心自己鼓掌的声音太小，领导会听不见，快节奏地用脚跺着地面，唯有如此才能发泄心中的满足。这一幕似乎荒诞得不可理喻，但一旦置身其中又不得不被感染，我侧过身去看着常青青，她笑靥如花、元神饱满，她因为即将到来的财富甚至露出少女般的娇羞，她真的可爱极了——在交往的这几天里，她把现实的过去的所有东西给我倒了个干净，却从不劝我赶紧掏出那三十万来买房子，因为我是她的儿子，她生怕我有任何的不开心，她不能做得露骨，光顾着说话和享受生活了，从而忘记了接待我的根本目的。

我的目力所及并没有李小芹的身影，在上菜之前还有一段文艺表演，一个胖鼓鼓的中年女人，穿着蓝色丝光的晚礼服演唱了《美丽的草原我的家》《草原晨曲》等四首歌，她唱得真的很棒，宽阔的音色走到极狭窄处也控制自如。然后是银发族的大合唱，当他们唱到《长征组歌》过雪山草地那段的时候，气氛就有点肃穆了，一种缓慢低沉的力量在不断聚集，直到里面有无数岁月之河在流动，“横断山，路难行，天如火，水似银，亲人送水来解渴，军民鱼水一家人……”我特地注意到那个叫罗洪武的胖子身躯在发硬，哆嗦着嘴加入了这场合唱，眼角的泪几乎都要流淌下来，也许他的出身很不赖，我想。

歌唱表演结束后就是轮番敬酒了，那些集团高层在每桌之间游走，我有了一种幻想，想象着李小芹陪着他们的某个人款款走到我们这桌，她嫣然一笑，看到了我，她战栗的肩膀，此刻就会摩挲我的胸口——我不敢再想下去，这数千人的聚会实在太喧闹了，到处是爆发的哄笑，常青青他们一边谈笑风生，享受龙虾和濑尿虾，一边不安地四处张望，追寻着罗洪武们的脚步，来了，还有七八桌，敬酒就到我们这儿了。几个阿姨甚至掏出了镜子，仔细抹在嘴角的油渍，顺便补上一点口红，伯伯们则直接用手指抹去眼角的泪花。

然后罗洪武们往左一拐，去了东侧的那一大片酒桌，伯伯阿姨们有点失望，马上每个人的筷子又多了一块猪皮，一只鱼肚，一大缕鸡丝什么的。

我不能就这么吃下去，我得有点作为，让我的目标至少能前进一点。我飞快地分析着目前的环境和我所能采取的策略，反正不能继续在这里大吃大喝！可以找一个我不认识的海天公司职员，向她打听李小芹的事情，最好是宣传部的领导，问她为什么这次感恩会没有李小芹，要么等罗洪武一行高层过来了，直接敬过酒就问他们，一切都似乎太过唐突，我得到的下场也许会和前面那十几个电话一样，这些家伙看起来深不可测，如果我贸然出击，可能还会连累我亲爱的“老妈”。

如果我紧盯着海天的这些高层，有可能也会走入另外一个歧途，今天这里大概聚集了两千多人，每一个人都有可能和李小芹发生过联系，也有可能一个都没有，和她发生联系的人根本就没有在场。我很后悔没有仔细研究常青青的那张 DVD，我至少应该从那张 DVD 里找出李小芹的其他画面，她和谁坐在一起吃饭，和谁在交谈，然后我就可以和今天这里的一大堆人比对一下。我一边竭力在脑海里回忆那张 DVD 里给过特写的那些面孔，一边环顾四周无尽的人海，除了我们这桌的半数人，其他地方的人我完全没有任何印象，哪怕一点熟悉的感觉都找不到，而他们彼此之间却显得那么熟悉，三千人都似乎有同样的心情想分享，此刻他们饮酒高歌，亲如一家。突然，一个灵感冒了出来，我把手机拿出来，递给一个伯伯，让他给我和常青青的合影按了下快门，然后我挪动了几步，换了个角度，又搂过一个阿姨重新合影，就这样，我和在座的每个人都合了影，我转换的角度几乎是桌子的一圈，照片的背景涵盖了尽可能多的人，也许回去以后，我那千万像素的索尼手机可以帮我的忙，我会仔细分辨背景里的其他人，哪怕找出一点像李小芹的影子也可以。我觉得这样还不够，马上又拿出手机自拍，尽可能地举高，倒不是为了让脸变瘦，而是能从高处搜罗尽可能多的面孔。

我刚自拍了两张，一阵强大的气场迫使我收起了手机，因为那群人终于过来了，罗洪武旁边站着一个颇为年轻的女子，为他拿着酒瓶，负责倒酒，当我们碰杯以后，他注意到了我："啊，你们这儿还有这么年轻的一个小伙子。"常青青说："谢谢罗总关心，这是我儿子。"罗洪武狐疑地望着我："好脸熟啊。"

我经常遇见陌生人这样说，倒不是因为我长了一张明星的脸，而是因为我总是在不停采访、开会，我在北京几乎每隔一两天都要参加一次人数众多的活动，在那里给陌生人留下印象，这件事很正常。

我一时不知道该说什么，倒是常青青先开了口："我儿子刚来桂海呢，说不定以前你们在北京见过。"

罗洪武满意地笑了笑："我们公司以后肯定将吸引更多的年轻人。"

他搂过那个女孩的肩膀，转身奔赴了下一桌，当他志得意满地和那个女孩头挨着头，再次把酒杯斟满的时候，我突然感觉到他的背影过于庞大和自信，有一种肃杀的戾气和足以吞没上万人的贪婪。

我有了一种把这个男人掘地三尺的冲动，借口要回我的经济型酒店，也顺便走动一下以助消化，我来到酒店前面的大停车场里，那里一般会有一些黑车，听从门童的调遣。门童和司机都可以在出租车不灵光的时候挣点外快，像今天这样数千人聚集的大场合，会有不少的黑车在听候调遣。我凭借本能的嗅觉瞄准了一辆索纳塔，一个干瘦的中年男子正在驾驶座里抽着烟，仅凭他将手机放在仪表台上这一点，我就认为他应该是开黑车的。我先递给他一百块钱："我想去一个地方，如果超过三十公里，我会再给你钱的。"

"你要去哪里。"

"一下子说不上来，你等下听我指挥好了。"

他狡黠地笑笑："你是想跟踪别人吧。"

"谈不上跟踪，我只是好奇，我想知道我们老板住的是什么房子。"

他弹了一下那张钞票："哇，一百块就是为了看一眼？"

我说当然："说不定那家伙的住房价值上亿，一百块看一眼也划算了。"

我们在车里沉默无语地等了二十分钟，等罗洪武带着那个女孩上了一辆奥迪 A8L，我就指挥司机在五十米左右的距离跟着。

出城以后，我们一路远远跟着往西开，直到越过月滩，我们的左边风景如画，一座接一座的沙丘以极为平缓的坡度，倾斜向海滨浴场，月滩有着全世界一流的贝壳砂，洁白晶莹如夏夜的月亮，它的形状也是一轮新月，现在，赶晚潮的冲浪者依然流连于海滨，大海在紫色的晚霞中奔腾不息。右侧是居民区，在经过十来个挤满高层公寓的楼盘后，一排排五彩缤纷、设计新颖的别墅呈现出来，偶尔还有一个大型的 Mall 和加油站，不消说，这些都是罗洪武帝国的一部分，再往里走建筑物越来越稀疏了，偶尔能看见沙滩上有篝火的残堆，塑料棚临时搭建的更衣室。最后，当我们跟踪穿过一片防风林的时候，所有的建筑全部消失了，对面也再没有车驶过。

一辆黑色的丰田普拉多以惊人的加速度超过了我们，然后一个急刹车将我逼停。

我将为我的疏忽付出代价，我放任了自己去看风景，在脑袋里进行不着边际的想象，根本忘记了我在干的事情是多么的危险。

包括司机一起走下来四个人，从副驾驶座上跳下的红脸大汉显然是他们的头儿，这个人我在宴会上没有任何印象，我自知不是对手，老老实实地下了车，黑车司机显然也被吓坏了。

红脸大汉恶狠狠地盯了我一眼："你干吗跟踪我们罗总？"

我自知无法抵赖，勉强挤出一丝笑意，"哥们，不好意思……"

"别和我说这些，我得保证我们罗总的安全，你举起手来。"

一个小个子摸了摸我的裤子口袋，然后打算拿过我的包。

我挡住了他："我自己来吧。"

我看了看自己的挎包，那里面有我所有的"武器"：一张酒店房卡，一包湿纸巾，钱包，半包红塔山香烟，润喉糖，手机，还有我的记者证。我首先得证明我的无意冒犯，于是我又做了一个更愚蠢的举动，我首先拿出了记者证，用正面对着那个红脸大汉。

然后我脑后遭到了狠狠一击，前面也挨了一拳，我两眼发黑，膝盖也软了下去，一个头套落下来，无法呼吸……

我在迷迷糊糊中被押上了丰田普拉多，不知道走了多久，转了几个弯，当头罩被拿下的时候，我已经身处于一个巨大的客厅里，冷光灯将这里照耀得亮如白昼，一张奶白色的真皮沙发上正坐着罗洪武，他看起来怒不可遏。

“操×，又是个记者。”

他拿着我的记者证，对照了一下我的面孔。

“什么狗屁杂志啊，听都没有听说过。”他一把想撕烂记者证，却忘记了那上面还有层塑料蒙皮，一阵使劲之后，他把记者证扔到了地上，这玩意坚韧得和他的皮带一样。

然后他大吼一声：“都是什么垃圾记者！我要干死你们！”

旁边站着的几个手下都被这大吼吓了一跳，我身上也一阵发颤——不，我不能被他吓倒，他这是非法拘禁，我得首先设法脱身。

他仍然持续着他的发泄：“那么多贪官污吏你们不去报道，却始终死盯着海天集团不放。”

他焦虑不安地来回走动了几步：“你们懂个屁啊，是不是看不得海天给人民创造的和谐幸福，是不是没有见过海天创造的新型社会？”

我努力让自己放松点，反正，无论如何都得先离开这里再说："罗总，我只是想了解……"

"了解？你他妈的不住海天的房子，你什么都不了解。说，干吗要跟踪我？"

我灵机一动："对不起啊，我们杂志是在策划一个富豪生活的选题。"

他反而更生气了："我×的富豪榜，你们都是从哪里来的信息。"

然后他点燃一支烟，深吸了几口，语气反而缓和下来。

"小伙子，如果我们海天没有给你红包，我也不会道歉，你没有拉到广告，我更不会道歉，我们海天根本不屑于任何形式的传统宣传……我认得你，刚才你在宴会也看到了，有哪个开发商会像我们这样，用对亲人般的尊重，用我们的全部生命去热爱我们的客户，用我们的崇高理想创造一个美丽新世界，付出再多也在所不惜呢？"他的语言充满一种强大的逻辑和正义感，且有一种万众一心、排山倒海之势，我一时竟无法反驳他。

他叹了口气："你还是太年轻，什么事情都不懂的。其实，我也准备好了迎接你们，不过那会是在三年以后，等我们确信我们海天能够跃上千亿高地，成为全国房地产十强的时候，我会举行一个世界级的庆典，到时候再邀请你们。"

说到这里，他也像请求原谅似的对我挤出微笑："今天的事情对不住了，是你有错在先，我会叫人送你回去。如果你想报警你就尽管报吧，我这里很欢迎警察来做客。如果你不会这样干，我也请求你一件事，在你的报道里不许提海天一个字！"

我说："谢谢罗总，我都答应你，我既不会报警，也不会写海天集团。但我也请求你一个事，好不好。"

“说。”

“我想找一个李小芹的人……”

“谁?”他一下愣住了。这时候一个副总模样的人说:“就是挺会唱歌的那个丫头吧? 她是总部去年招聘的。”

罗洪武对他摆了摆手,示意他别再说下去,刻意换了副面孔,又重新变得怒不可遏了:“×你,你竟然以为她在我这儿!”

他焦急不安地来回走动,猛吞了两口烟,火星子猛闪,都快把头发烧着了:“你竟然想跑我家来找人。你个混蛋。”

他觉得这事可笑又恼人:“来海天找人的也挺多,有的还找到派出所去了,有老公找老婆的,有儿子找老妈的,有哥哥找妹妹的,他们无疑都是红眼病,看不得亲人离开他们之后,过得更幸福,过得再也不想他们! 当然,绝大部分来找人的人,最后都和亲人一起留在海天集团了……你原来是打着记者的幌子来找人,快给我滚吧!”

那个红脸大汉亲自驾驶着丰田普拉多,送我回了市区里的经济型酒店。在他费力地通过那条被夜宵摊占领了一半的马路之后,我吃惊地看到常青青带着那群伯伯阿姨,正在各种摊位前闲逛,我透过开了一半的车窗喊了一声妈,借着挂在树上的白炽灯光线,她从一辆装满菠萝、蛇皮果和香蕉的三轮车边回过头来,她看见了我,我叫红脸大汉停车——但我竟然忘记了自己是什么模样,我头发竖起,左脸肿起了一块,被扯坏的领子搭在了肩膀上,我从常青青惊奇的面孔中恍然想起,我被打了,而且打得不轻。

在我下车的同时,红脸大汉一把将我的挎包扔了出来,落在了地上，然后马上踩了油门。这个举动显然让常青青看明白了什么，她大喊一声："不能让他走！"

然后，那群可爱的伯伯阿姨一起围了上去，一个阿姨挡住了去路，同时有四五只手从车窗里伸进去拽红脸胖子，右侧的车门也被重新拉开了。常青青用两只手奋力去拖红脸大汉的胳膊："打了人，就这么扔下想跑？我看你跑哪里去。"

红脸大汉想辩解什么，他的声音瞬间被七八个老人的吼声所吞没，谁都听不清谁的。

常青青又回过头来叫我："你也上啊，把他先抓起来。"

我只能用尽全身力气大喊一声："放手，放手！他也是海天集团的。"

就凭这一声，我的"妈妈"、伯伯和阿姨们再也使不上劲了。

晚上在酒店里，我一张张地仔细观察我在晚宴拍摄的照片，突然感到我拍摄这些照片真正的灵感消失了，我努力回忆，我当时想到的不仅仅是辨认里面的人物，我肯定还想到了该如何辨认，那个灵感从上千人的喧嚣、酒杯的泡沫和油腻中脱颖而出，瞬间让人充满力量和自信，然而这个灵感还没有让我看清楚，就被更多人挤走了，消失了。

它在哪里？我用一个装满开水的杯子，压在我那差点被撕烂的记者证上，指望它明天能变得平整如新。然后我放大照片四倍，辨认那些密密麻麻的中老年人群。手机的效果令人满意，尤其是远焦功能，因为时间紧迫，我还来不及试用全景功能，就被罗洪武的到来所打断了。我试图将这大群的中老年人和我的灵感联系起来，他们提供给我的是一种浩如烟海的材料而已，里面大概得有二十个人中间才会有一个年轻人，而偶尔出现的这个，和李小芹绝无半点类似。我得找一个分析的手段，因为他们的面孔既不熟悉，也缺少逻辑性，看不出任何职业之类的特征。我只知道能拿出三十万投入这幸福之中的，绝非小城市的退休老人可为，他们大多有体面的职业。在常青青的那群朋友之中，有高级工程师、国企负责人、退休的教授，甚至还有金融专业人士。当他们聚在一起的时候，其实是在给这个交易提供一种合情合理的佐证。盲从和洗脑这回事，不仅仅是低收入人群的专利，它同样也可以发生在高收入人群。

他们和我那个突然闪过又消失的灵感，究竟有何联系呢。我死死盯着电脑屏幕回想，在我的QQ上，李小芹的头像已经整整八个月没有亮起过了，她的网名是“开心就好”，头像就是一只普通的企鹅，那只企鹅，仿佛逃入了南极数百万只企鹅之中，它们统一站在冰原之上，冲着最后的极夜鸣叫，个头一样大小，黄色的绶带一样粗细；投入这支可怕的大军之中，谁和谁都再也难分彼此。

我打开我和她之间的聊天记录，她的最后一次表达是一只咖啡杯，在那之上，是简单的几句话：

雪线 还有一千五百字

开心就好 已经吃了半个土家烧饼，想扔掉了

雪线 去大望路吧

开心就好 等你吗？

雪线 想吃什么就吃什么，先别等我……

（咖啡杯）

然后，我们的通讯记录在八个月里一直死寂。

我盯着那只不再动弹的企鹅，突然想起了我究竟想干什么，那个灵感就在那里！

我一阵激动，重新打开了 QQ 的登录框，在用户名那里，往下拉！

我看见了她的 QQ 号码，果真就在我的下面。那个灵感其实有点不靠谱，我是想起来她用过我的电脑，就是在她父母来，我跑到杜路家住的那一阵。平时我是不准她动我的电脑的，不是隐私的问题，是习惯，和我工作有关的东西，我都不喜欢别人去碰，她也不能例外。我用的是三星的高档笔记本，是单位给我配的，她曾经想用她四千多的联想和我交换着用，被我拒绝了，理由是牵扯到工作，我们绝无商量的余地，为此她还生气了一个晚上。

从那个登录框证明她确实用过我的电脑，但这无关紧要，因为硬盘里面隐私甚少，所有的内容，都被我制作成某年某月的文件夹，排列得非常整齐，打开任何一个都非常类似，策划案、录音整理、资料、稿件、图片……我恍然想起了这回事，她有可能在我的电脑里留下了一些痕迹，我指望她决心投奔海天的这个事情就发生在那几天。这是很有可能的，因为在那几天她的父母在劝她离开我，她答应了他们，也许就在那几天自谋出路了。没有我在身边的时候，她会变得理性一些，后来那些痛苦的眷恋，乃是一种习惯性的情感而已。

也许我的判断根本不正确，也许她决定离开我，是在我采取冷暴力之后，但这些事情无法决定我的行动，反正我得找到她，不管她回不回来，我得确认她活得好好的，如果她真的出了什么事情，那我真的有很大的责任，她父母有的地方说得没错，她离开那份安逸舒适稳定的工作，全是为了我，她离开那个安静的小城，从而失去了所有的庇护，包括她父母的庇护，也是为了我。按照这个逻辑推理下去，从此以后她不管流落到了哪里，都是和我有关的，我一辈子难辞其咎，除非她过得很好，很幸福。

现在，那个登录框也许可以挽救我，我可以从那上面进入她的 QQ，我可以偷看她的聊天记录，分析她的好友名录，看看究竟和这里有什么联系，看看那个家伙究竟是个骗子，还是个真诚的好心人。我隐隐有一种罪恶之感，我不是黑客，却要冒险投入这个工作，因为她单纯又无知，对踩入沼泽和脚踏实地之间的区别浑然不知，我得帮她负担起一些风险，至少让她安全上岸。

我试了一下她的生日，19810704，然后又加上她的身份证末尾数，19810704022，然后拿掉前面两个数字，或者拿掉后面两个数字，要么颠倒一下，不管我怎么试都是报错，且出现了一堆难以看清的验证码，我折腾得头昏脑涨……于是又去百度了一下 QQ 登录的问题，一种叫做暴力破解器的软件吸引了我，它的工作原理是在一定范围内尝试各种组合，数字和字母的都可以，每秒数千次计算，如果你能确定的范围越精确，那么它运算出密码的时间就越少。

我一下子来了信心，我敢肯定，她的 QQ 密码是数字组合，因为用字母组合她会记不住，"开心就好"讨厌所有不必要的繁琐，手机也从来不设密码锁。我马上投入到另外一种陌生的工作之中，这并不容易，还有一大堆程序等着我，也许得整个晚上耗在上面。首先得找一款能用的软件，没有病毒，也不需要注册码什么的，光是找这个软件差不多就得耗费两个多小时时间，得在上十次下载之后，才能找到最后能用的。

其次是得不断调整破解的范围，假如她的密码不是纯数字组合呢？前面有个姓名的缩写呢？要么是后面有个姓名的缩写呢？每一种可能性都需要重新计算一次，每次都要耗费个把小时时间。

终于找到了一款能用的软件，在尝试了一次之后，我决心下去买两包烟，还有一小盒绿茶，今天晚上就和它耗到底了。

当我回到房间之后，软件页面上的数字还在密密麻麻地滚动，排除了上十万次的可能性。我的手机放在键盘旁边，不知什么时候多了一个短信的标志。

我打开短信，呼吸马上急促起来，一个陌生的当地号码：你在找我？

我飞快地回复：我在桂海。

半分钟之后，她的回复也过来了：明天下午五点，月滩，你走到最左边（西头），就是没有沙子，只有礁石，月牙儿尖端的那里，我等你。

那片海滩是盛产沙蟹的，后来我在《舌尖上的中国》看见了当地渔民趁着月色捕捞沙蟹的场面，在台风过后，它们会数十万只出动，仅有极少的部分会被渔民制作成蟹酱。现在我的脚步在惊动着沙蟹，它们飞快地退入指头大小的沙洞之中。越往西走，海边的人越少，沙蟹洞也越来越密集。微风恰到好处地吹动，越到后面风会越大，然后是潮水——我知道潮水这回事，它们仅仅是大海表面的皱褶而已，在没有洋流的地方，它们的底下还是寂然不动的，鱼群不会被水流所卷走，它们停留在潮水的下面，如同我们停留在游泳池里一般自如。

只是这些沙子，洁白而温柔的沙子，势必隐藏着千万年鱼类和贝壳的骨骸。沙子只是形态不同的贝类而已，有的残留着一点生物的形态和光泽，更多的被还原为带着太阳温度的矿物质，那些渺小的生命，最终会集体构筑成一个人类的天堂。我想起我在另外一个海滩跑步的情景，在上千万骨骸的包裹之中，足踝和膝盖感觉不到任何冲击和压力，如果生下来就在海滩跑步，那一定可以跑到八十岁，九十岁，根本不会有半月板损伤这回事，我很羡慕那些从未离开过海滩的人，只是这样的人很少。

沙滩变得越来越狭窄，也越来越湿润，海水在上面留下了很多细小的沟槽，我越走越快，脚步里不带着任何往事，我要的仅仅是现在。

在海滩只剩下三十米宽的时候再也看不见一个游客，她说的那片礁石越来越清楚，它们彻底截断了贝壳沙的延伸，固执地守护着天堂的尽头。她并没有矗立在那里，也许，矗立在那里的该是一座灯塔。

那片礁石终于变得很清晰了，它们不是黑色的，而是带着某种发黑的蓝色。海水扑在上面，形成了很多的泡沫，很多的漩涡，它们无声地侵蚀着这一片造物的杰作——礁石如同从海底深处生长出来的化石，披满了密密麻麻的海藻，这就是它们看起来有点发蓝的原因；在海藻的缝隙里，还吸附着很多细小的贝类，它们以孢子和微生物为食，海水不会带着它们，而是会带来一些鱼类，它们会趁着潮水在贝类中尽兴饱餐，然后返回大海深处，被更大的鱼类所吞噬。

这就是大自然的杰作，生生不息，它们使这片礁石披满了根须和铠甲，只有上部光滑如新。那些细长如发带的海藻我也辨认出了种类，它们是一种非常美味的海苔，高明的厨师会将它们加工为一种调味品，只取其鲜味，效果远超任何一种提纯的味精，那个加工过程，需要一种神奇的海盐。

我踩着海水和礁石上的坑陷，在翻过一个大礁石之后，看见了她，她站在一块仅仅高出潮水半米的礁石之上，如同我所见过的模样：风将裙裾裹住膝盖，头发在眼眶周围拂动，她根本懒得去理会头发，如同它们的飘扬生来如此。

她也看见了我，笑了，眼睛里掠过瞬间的悲伤，然后消失在更猛烈的海风里。

其实她看起来充满振奋和激动，她冲着我大喊："你也笑一下嘛，好久没有看见你笑过。"

等我走到离她足够近的时候，终于也笑了："你看起来过得很好啊。"

没有拥抱，连握手都没有，我们只是彼此摸索着语言，确认一些东西。

"如果你不笑，我就得走了，明白不？"

然后她看见我脸上的异样，伤悲又袭来了："其实你根本没有必要来找我，如果我需要你，我会给你打电话的。"

"我知道，我只是觉得你在这里有点危险而已。"

"没有呢，他们对我很好。"

"不是，你不是孩子了，看谁对你好，你就信任谁，这不是生活的标准。"

"你太小看我了。"这时候她眉角上扬，笑容变得真正灿烂，好像获得了一种期待已久的东西，并彻底确定了它的存在。

她说："其实你一直在小看我，不是吗？"

她正视着我，就是在这一瞬间，那种完全公平、完全合理的对视，让我感觉到一种熟悉的感觉业已消失，也许她彻底长大了，也许她的世界我了解的仅仅是错觉。

她说："我根本没有那么傻，我不会和骗子打交道。"

我说："那个海天有点奇怪……"

"你放心，我的项目不只是这一块，我还有很多业务，我也不总是待在桂海……反正，我现在比你强很多。"

"你现在有钱了？"

"我们不要总聊这个好不好。"

她看了一下远处不停奔袭过来的白色海浪："你唱歌给我听好不？唱你那拿手的英文歌。"

我有点忧郁，她突然伸过手来，搭在我的肩膀上，开始摇晃我："你唱一个嘛，多好，没有人看见，也没有人听见。"

一阵更猛烈的海浪冲上了礁石，我们的小腿，全部被海水吞没了，这巨大的力量，把我们两个同时吓了一跳，她蹦了起来，滞后地躲避海水的攻击，然后笑得喘不过气来。

我终于来了兴致，开始唱那首《Beautyful Girls》，我努力从喉结处捏出那种黑人特有的醇厚假声：

You're way too beautiful girl
That's why it'll never work
You'll have me suicidal, suicidal
When you say it's over

海风和水沫让这种演唱越发带劲，我干脆模仿起了那个年轻的黑人胖子，在礁石给我的两尺舞台上尽情表演，我一下子晃动双膝，一下蹲下又跃起，将髋部扭过，摇动臀部，双手在胸口胡乱地比画……她笑得乐不可支，险些从礁石上跌下。

等这滑稽的表演彻底结束，她终于拉着我的手："该回去了。"

在我们回到海滩的时候，她指着二十米外的一块黄色石头说："走，我们去看看那个。"

在我过来的时候，我就已经发现了它，我以为是块石头，还奇怪为什么这里会有一块蜡石。

"那是一条大鱼。"

大鱼显然已经死去了，她在十米之处就裹足不前，有点害怕，我一个人走过去，发现那是一只死亡的海豚，它彻底闭上了眼睛，身体完全变了颜色，这只可怜的生灵，所幸有海风的庇佑，没有过早地发出臭味，我尝试用脚尖踢一下它，它的肉体像完全没有密度一样，彻底塌陷了下去，如同我踢在了空气之中，同时，它的腔体爆发出一阵气体的嘶嘶声。

李小芹惊叫了一声，我也飞快地逃离了这具尸体，拉着她，往沙滩上面跑去。跑到上面的那片旱雀草之后，我们停了下来，她喘着气，将她的乱发拢到脑后："得回去了。"

"去哪里？"

"你回你那里去吧，我还有事情要谈。"

我最后一眼凝望她，她的眼神里出现了一种急不可耐的东西："你可以放心了，我永远会好好的。"

然后她径直越过草地，走入那片防风林之中。那后面是一片滨海大道，她再也没有回过头。

和常青青的告别也没有伤感，她托付我去她家里看一眼，并给了我钥匙，自从她来桂海之后，最担心的事情就是房子变成什么样子了。虽然我不能跟着她一起在这里买房子，但我真的成了她认为值得信任的人，她完全理解我，我还年轻，我有自己的知识和能力，不能像她一样彻底投入到这份“事业”，在我登上飞机的时候，一份最珍贵的东西已经在我的手里，就是她给我的那把钥匙。

至于李小芹，我选择将她彻底遗忘，我要把那个海滩的景象，作为终极的记忆封存下去。我再不关心她在干什么，我在那片礁石上的海风中彻底明白，我所眷恋的她只是过去的她，这种眷恋一旦转换为追寻，那将是一场更大的悲剧。我所爱的她，永远是那一个时间段里的她，当那个时间不可逆回的时候，这种爱其实已经消失。很多人都伤感于回不到过去，但我没有伤感，我坚信唯有真正的爱可以延续到最后，只是很少的人，很少的情感能从过去一直延伸到现在，几乎很难改变。比如我的父亲，我的母亲，每当我想回到过去的时候，他们都会证明这事是可以成立的，这可能是世上唯一的爱，只是终究会有一个尽头，那时候，所有的人都将没有过去，也没有未来。

我得设法摆脱我这消极的念头，毕竟我还有工作，我还有吕晓薇。对于这个女孩，我从不拷问自己爱或者不爱，更不能轻易得出一个糊涂或者清醒的答案，她在茫茫人海之中，普通又安静，没有强烈的特征，也没有强烈的投入感，但那一种恒定的情感节奏，总让人生出无限的信任，她唯有将自己的节奏持续下去，才能让人看到一些女性的坚韧光芒。

为了振作，我刻意地在乎起了一些生活的细节，不能让它们被这些忙忙碌碌的工作和纠结万千的情感所覆盖，其实它们比工作和女人更重要，这是我从我父亲那里得到的生活经验之一，即使他和我母亲经历过再激烈的争吵，生活经过再大的折磨，他都会在餐桌上回过神来，夹起第一粒花生米，闭上眼睛做彻底投入的享受，然后喝上第一口白酒。

“哎，真美啊。”

他凝视桌子上不多的菜肴，最重要的是红烧草鱼和青椒腊香干。

“活着，就是要享受这些嘛……”

然后他整个晚餐会自得其乐，一言不发。

即使我们对他有再大的怨愤，母亲，或者是我——他经常欺负我们，我们也舍不得在此刻再去打搅他，此刻，就是他活着的真正意义所在。

我得迅速行动起来，我的残烟冷灶，已经三个多月没有开过火了，这简直就是罪恶，我活得死气沉沉，毫无趣味。我得回过神来，荷叶豆豉鸡、姜辣大肠、葱爆牛肉、黄椒蒸鱼头、香煎藕饼、啤酒鸭、蒜泥茄子、奶汤菜心……我想起了一大堆活色生香的菜名，有的是我尝试过一两次的，有的是我喜欢吃但从未做过的，现在是把它们端上台面的时候了，至于怎么个做法，谁来吃，一切到时候自会有答案。其次是我的阅读，应该把《法国知识分子的世纪》这些都按上暂停键，它们肯定将来能用得很少，只会让吴总误认为我会像他一样，某天走入某个全国性论坛演讲。这种书读得越多，越会让人变得误入歧途，和世界更加格格不入。我迅速地将我的阅读换成了一堆编剧教程，包括悉德·菲尔德的一套经典教程，和埃克斯那本风行一时的《一百个化腐朽为神奇的对策》。我是个电影爱好者，百分之九十的媒体工作者都是电影爱好者，但我不确定我将来能走编剧这条路，只是感觉到得解答一些迷惑，为什么一些电影看起来如此糟糕？我们在聊天时经常说的人物苍白、情节突兀之类都太浅薄了，根本无法解释电影内在的东西。为什么有的电影如此出色，我猜到一些核心的技巧应该起到关键作用，但没有经过专业的训练和阅读，根本不能抓住那些核心的技巧和公式究竟是什么。那些微妙的转换度，配角带来的推动力，一定会有很考究的东西在里面，普通观众使用普通的语言，也许根本不能描述它们。我不一定能成为编剧，但可以武装成一个影评人，为将来多挣一份稿酬。

我还要认真对待我的床铺，杀死里面所有的螨虫，注意节气的变化，被套和床单再麻烦也得搭根长绳子暴晒，还有枕套，至少得一星期换一次，尤其早上起来要记得叠被子，这是一整天秩序的开始，这个仪式化的行为可以加强一天生活的严整度。当然还有工作，我检讨自己长期以来“唯结果论”是错误的，只关心那些小下属的工作成果，从而忽略了他们的成长和人品。王宏对我忠心耿耿，但他不爱读书，以后不可能成为我的得力助手；苏雪梅聪慧勤奋，但心志非常高，总有一天她会离开我——现在主要稿件都依赖于她，将来可能是场灾难，我敢肯定她会突然离开公司，不给我任何缓冲期。到时候是我来承担后果，得由一己之力去保证杂志的品质如一，我会牺牲掉我挣外快的时间，牺牲掉我的生活，吕晓薇的郊游时间，和冯大卫的打球时间……我需要防患于未然，和苏雪梅建立好情感上的勾连，给王宏一些更具挑战性的课题，让他得到锻炼。

我回到了八里庄，眼下这座城市，已经具有了一种灰蒙蒙类似老鼠毛的颜色，还不清楚那种颜色从何而来。黄昏的居民区已经看不见晚霞，即使从最高的楼顶往远处眺望，也只能看见一片混沌的晨雾，太阳如被彻底打散的蛋黄，被稀释在一片褐色的浓浆之中。我刚刚在别处生活过，内心像贻贝一样开了个小小的裂缝，咸涩的海水和一些清澈而晶莹的沙子一起灌了进来，海水退却，我逐渐干燥，走在了一条泥肠似的大街上——泥肠是我所见过最可悲的食物，用植物淀粉和动物淀粉共同搅拌而成，里面根本吃不出任何胶质的脂肪和纤维状的蛋白。当我回到单元楼门口的时候，肖阿姨正在欣赏一辆绿色清洁手推车，在将那个用砖块砌成的垃圾站清理干净，垃圾站里的堆积物被一个瘦小的中年人一铲铲地挖开，与其说是挖开堆积物，不如说是挖开里面的气味。丢弃的芹菜、包子里的韭菜、腐烂的螃蟹、被油浸透的塑料袋、裹着鱼骨头的报纸……这些气味随着中年人的劳动一层层被剥开，飘扬在空中。它们注定得是一些无主的气味，榆树和冬青都无法终结它们，人类制造它们的同时，还是无法终结它们。

肖阿姨仍然在这堆气味中燃烧她的烟卷，此刻她嘴里的味道应该相当醇厚："师傅，你铲完不能找水冲冲底下吗？还是有臭味啊。"

清洁工露出诡异的笑容："等新的垃圾堆上去，就闻不到了。"

我扯开了卧室的窗帘，然后把纱窗也拉开了，一团灰尘从纱窗格子的各个缝隙中腾空而起，它们只做垂直运动，就像漂浮在水杯中一样，没有任何气流去干扰它们。我一阵厌烦之下，干脆把所有的窗帘都打开，把所有的窗户都打开，然后扯下窗帘，扯下我的床单、被套和枕套，它们带着水滴和污渍躺在卫生间里，等待挨个进入涡轮洗衣机。然后我开始用一块大抹布擦洗所有家具的表面，还抓着一瓶有着刺鼻气味的去油剂，它里面含有一种能马上让皮肤刺痛的强酸，所有那些结成疙瘩，以及凝固成坚固薄膜状的东西，我都用它来解决问题。

我汗流浃背地战斗了两个小时之后，鼻腔和肺里都像被灌满了金属的粉尘。房间渐渐地清晰了起来，从床头柜的下面我打扫出一只白色的绒线手套，那是上一个冬天她找不到的东西，我盯着这纤秀又破落的饰物，将它在卫生间地上拍干净灰尘，扔进垃圾袋里。

然后，我本能地拨通了冯大卫的电话。

他继续留在办公室里，躲避晚高峰东三环的拥堵。现在，大卫的办公室已经不再和员工的连为一体，他在靠东头的落地窗边砌出了一个空间，大概只有十来平米，除了写字台、书柜和沙发，这里唯一令人瞩目的东西是挂上了三个动物标本：一只印尼的红翼果蝠，这个巨大的翼手目动物被两只尖钉继续保持着俯览黑夜的模样；一只是四川麝鹿的头部，它的眼睛还是保持着水分的晶体，让人怀疑那是不是被玻璃球取代了；最后一个看起来是某个灵长目动物的手臂，只比普通签字笔粗一点点，看见它我就想起那个恐怖的传说。“印尼的眼镜猴，从天津海关合法进口的。”冯大卫说，他给我看了一眼后面的那个野生动物保护协会的标志。

听我讲完在桂海的故事，他若有所思：“你是想给自己找个放心，或者是一个彻底远离她的借口是吧？其实你不是的。”

他神秘地笑了一下：“其实这存在两种可能性的，也许你就在那里和她旧梦重温了，要么就干脆带回来了。但她表现得混得比你强，你只有另外一种可能性，她应该会永远消失的。”

“你说的有道理，我发现她和以前完全不一样了。”

“是的，你知道是什么原因吗？她被洗脑了！”

洗脑？这个词就像外科手术，不，应该像化学药剂一样，让人心头一震。

“洗脑，你肯定听过，但没有认真研究过。他们应该是用一种更高明的洗脑术，有堂皇的理想，有丰富的物质基础。”

“你觉得能把人洗到什么程度？”

“至少明确了一种世界观，一种至死不会回头的奋斗目标。还影响到亲情、爱情、朋友这些，他们都会用全新的坐标去重新认识。”

我有一点惆怅。他看着我的模样：“你说你已经心安了，我看还不是全部。”

他从书柜里拿出一只黄色的塑料棍子，就像手电筒那么大，上面有几个开关。

“来，你握着。”

“这是什么？”

他打开开关：“先不要问，你闭上眼睛，将它双手握着，举到头部前方，先默数九十秒，在这个过程中，尽量什么都不要想，保持呼吸缓和，心里沉静，暗示自己的大脑要空灵。但一般人很难做到，前三十秒，你可能会继续琢磨我到底在干吗，后六十秒，一般人会开始想自己的事情……来吧，开始吧。按我说的做。”

我双手合十，握着那根棍子——刚才他做出的那些总结，我根本挥之不去，洗脑，罗洪武，那个庞大而神秘的组织，这些我本该彻底忘却的东西，却伸出无数的触手，在我脑海里纠结成密密麻麻的一团。

九十秒过后，我睁开眼睛，那个黄色塑料棒的尖端，神奇地长出了一只灰色的塑料翅膀。

看着我惊呆的眼神，冯大卫笑了：“其实还不错啊，至少你不痛苦，你不悲伤。”

“这到底是什么？”

“这叫心情棒，我的一个小发明而已。就是用来测试心情的，虽然很小，原理却有点复杂，它会捕捉你那些微弱的生物电、血流，还有一个小孔捕捉你呼吸的气流，用它们得出结论。”

“这很神奇……”

“是的，那个灰色的翅膀是个中等值，证明你对有的事情不满意。如果是黑色的翅膀伸出来，那就很糟糕了，最好的结果是会伸出一朵太阳花。但现在，用这三个东西做象征我觉得有点太俗了，你有空帮我想想是否有更有意思的标志。”

“没有问题啊。”

“我马上会在淘宝店上销售它们，其实就是一个针对年轻人的小玩具，所以得有更时尚、更酷的标志。”

然后他从一只纸箱里找出一根蓝色的心情棒递给我：“这些都是样品，你先拿一只回家玩吧。”

“我不要。”

“为什么？”

“心情是一种无法量化的东西，不像血压、脉搏、心率这些，可以从数值得出一些科学结论来。你用数值去衡量心情，肯定是不科学的，有的数值是其他的原因造成的，比如运动，比如饮酒……”

“你说得对，即使这是一个玩具，你也不是小孩子了。”

然后，他从抽屉里拿出了一支熏香：“这个你可以用，来自印度的迦南熏香。”

第四章

晚上我继续着没有结束的打扫，我擦干净了每一扇玻璃窗户，玻璃上的密封胶泥，甚至还有阳台的外延。做完这一切之后我仍然有一种空虚之感，恍然想起，有很久没有认真听音乐和看电影了，是那种完全沉浸似的听，有太长的时间，我要么忙碌于工作，要么忙碌于私事，很久没有获得完全浸泡于音乐中的心情。我找出了几张CD，肖邦的钢琴曲全集，记得上一次已经听完了冗长的波兰舞曲的一半，大概是十余首，然后我回到了他的前十几首奏鸣曲中，从《降B大调变奏曲》一直到《降E大调圆舞曲》，我熄掉了所有的灯，坐在餐桌之前，此时夜色温柔，这些乐曲从另外一个空间降临，犹如颠簸起伏于大海中的船舱。

五六首之后，我觉得我并没有听到自己想要的东西，肖邦固然有着格律的天赋，但他太明确，虽然他说不能用文字解释他的音乐，但他的音乐还是太指向美丽和敏感的地方——也许这不是他的问题，而是演奏者的问题。我开始换CD，舒曼，舒伯特，我简直忘记了这些东西都并不深邃。拉赫玛尼诺夫？要么干脆来点歌剧？我突然想起，我曾经从一些DVD上面刻录了钢琴曲的音轨，我要的东西其实在那里——不是过于熟悉的旋律，而是那种似曾相识的陌生曲目，还有神秘的演奏者，这样才能找到倾听和音乐之间微妙的距离，而不是听到这个小节就马上联想起下一个小节。

那是一张黑白影像的DVD，录制年份不详，一个叫做斯卡拉蒂的瘦削男子，穿着深色的西装，在一盏孤独的枝形吊灯下孤独地演奏，摄像机的机位是固定的，二十分钟，除了他的躯体和琴键，再没有任何东西在移动。他有点秃顶，还留着八字胡，不是一个英俊的演奏者，但他最适合于没有任何灯光修饰的黑夜，没有任何表情的演奏，琴声里既没有过去，也没有现在，如同置身于密封容器中的彻底孤独，这种孤独反而会演化成一种真正的狂欢。

我尝试刻下音轨，是为了试验是否离开了黑白画面，音乐也能获得这种狂欢的体验——结果是正确的，他完全脱离了对击键效果的追求，没有快速的音群，也没有任何缺少意义的浮音。

我终于抵近了这音乐梦境的深处，如同西川在一首诗里所写到的："我们脸对着脸，相互辨认……一支午夜的钢琴曲归于寂静。对了，是这样，一个人走进我，犹豫了片刻，随后又欲言又止地，退回他所从属的无边阴影。"

我一直听到了子夜，是该为琴声加一点光芒和气味的时候了，于是，我点燃了那支熏香，一抹闪烁的微光，逐渐弥漫为一个温柔的原形光圈，它的边缘有一些淡蓝和淡黄的气流在闪烁，也许还有一点细微的声音，悄悄溶解于琴声之中。它将夜里所看不见的风景都吸收过来，如同一个微观的海市蜃楼，从而让音乐具备了某种形体感。熏香带来茉莉花和薄荷的气味，此刻如同幻境。

我一定微笑了，我再也不能想起以前发生的任何事情，这神奇的熏香让夜晚开满了花朵，不觉时间流逝，如同我在这里已经盘桓过了一整个世纪。

一个女子，悄无声息地进入到熏香的世界之中，也许是进入到我的睡眠之中，像从一处海滩信步走到了我的面前，她波浪式的长发有一半沉入黑暗之中，看不清楚，她穿着薄纱的白裙，整个身躯都像是从另一个世界拖曳而来，也许是大海的深处。她的眼神是如此晶莹，如同从沙粒中刚刚洗出的珍珠——她看着我，和我在镜中看着自己的感觉一模一样，刹那间就失去了任何距离感。我已经漂浮在另一个世界，在那里，即使由空气所确定的距离，也是不存在的。

她就那样看着我一动不动，我微笑，眼睛从她的颈部、肩膀，滑落到百褶束胸下的乳房。

她笑了，也许这情景有点可笑，然后我听到她的声音："是说话的时候了。"

那种幽幽的气息如夜放的百合，微弱却异常清晰。

这个开场白也让我觉得有点滑稽："你是有很久没有说过话了吗？"

她想了一想："应该是吧，不记得了。"

"那你是怎么到这里来的。"

"我本来就在这里啊。"

"我也在这里。"

然后，我想，这究竟是哪里，是我的房间？酒吧？水库边的那个树林？还是另一个城市的黄昏？

她看出了我的心思："别想了，我其实一直在你身边的。"

"但是,但是,我从来没有感觉到啊。对了,你是谁?"

这个问题似乎把她难倒了,现在,是她思索的时候了(我不知不觉忘记自己刚才是在播放音乐,所有的琴声都已经消失),她露出一种奇怪的困惑表情:"我知道我是谁,但是,但是,现在无法告诉你。"

"什么现在,不明白。"

她叹了口气:"我指的就是现在,明白吗?我停留在现在了,哪里都去不了。"

我变得更迷惑了:"那么我呢,我是不是也停留在现在了?"

"不,不是的,你和我是不同的。"

"我知道了,我不认识你,而你知道我是谁。"

她伸出手来,摸了下自己的脸颊,她的手指,细腻光洁地沾满了香薰中间的白色光芒:"我就是我啊。"

这种傻傻的模样让我得到了某种快乐:"你很漂亮。"

她嘴角朝上,露出难以遏制的笑容:"以前每天都会遇到人这样说,但是,好久都没有人这样对我说过了。"

"也许你像我一样,一个人住了好久了。"

"正是的,我想起来了,我确实一个人在住,其实呢,我也知道你是一个人,我很想和你说话,但一直说不出来。"

"除了说话,还有别的吗?"

她几乎快笑出声了,一阵细微的娇羞爬上了她的鼻翼和眼角,我几乎听到了她心跳的声音,还有我的心跳,一阵阵颤抖,好像有血液像磷火一样燃烧。她缓缓地伸出了手,眼神更加晶莹,那里面也许有眼泪。

"是啊,我有很久没有说话,还有很多很多事情都没有了。"

她终于将她美丽的手指放在了我的额头上，带给我一阵深入骨髓的电击。我有点紧张，也许我的样子糟糕透顶，头发很干燥，我是早晨刮胡须的，现在也许正是长得最长的时候，还有呢，我的脸上有一个没有完全消去的肿块。然而，她的整个手臂还是围拢了过来，我感觉到那种颤抖了，也许我也是。随着手臂的抬起，她纱裙包裹的肋部线条完全呈现在我的眼前，那是一个美丽身躯里最薄弱，也是最温暖的部分。我感觉到她在用力踮起脚尖，胸口的百褶纱也贴近了我的胸口

我的嘴唇和她的嘴唇，已经互相闻到了湿润的气息，然而还有一种愿望在我的心里挣扎，她是我从梦中雕塑出的女人，将要娇弱地靠紧我，我说："我想知道你的名字，我想喊你一声。"

名字？这个在我这里是顺理成章的问题，反而让她重新困惑起来，她的动作停顿了，仿佛这是一个永远不可能有的答案，也许会把动作永远终止在这里，我有些后悔，那放在我颈后的双手，慢慢在失去温度。

她露出了一种小女孩似的不解："如果我抱住你，我就可以不用有名字了。但是，这不对，我怎么可能没有名字呢。"她思考着，重新落入一种深不可测的过去之中，眼神有一明一暗的光芒，在有节奏地不停流动。这光芒又提示我重新回到音乐之中，回旋，漂浮，黑键和白键，沉入茫茫的黑夜，沉入到微尘和小行星组成的星云，一直沉入到星群的漩涡，这是一个时间的容器，既没有沉醉也没有清醒，仿佛世界本来如此，从来不会改变。

然而，我身边的墙壁又发出了有节奏的脚步声，那可能是一个夜归的男子，带着无法解脱的醉意在爬楼梯，脚步声顺着厨房薄弱的墙壁，还有那油漆剥落的房门传了过来，越来越清晰。

我的神经，每一根都像电火花在闪烁着，我的所有毛发，肯定也在此刻根根竖起。

我在我自己的房间里，是的，我在我自己的房间里！

我从来没有去过别处，从来没有！

而这个失去了姓名的女子，显然也被脚步声所惊到了，她颤抖着把身躯从我身上挪开，每一寸薄纱，此刻都发出大风吹过的战栗，她用双手捂住脸颊，竭力去克制这种战栗。但那双手太小了，太纤弱了，那种战栗无论如何也无从掩饰。

她的声音也在颤抖着："对不起，我怕，我怕别人，我得走了，走了……"

随着声音的逐渐微弱，她的身躯也越来越小，香薰的光芒在变得越来越强大，似乎是为了刻意驱逐她拼命燃烧着，她被快速燃烧干净的同时，也留不下任何的灰烬，仿佛那就是一具没有任何实在内容的形体。终于，她消失在那弧形光芒的边缘，成为一丝细微的气流或者斑点。

我睁开眼睛，此刻头痛欲裂，餐桌的边缘使得下颚如同被塞了石头一样地疼痛，一根灯芯已经燃尽，瘫倒在一堆蜡水的堆积物中，没有任何的气息。我奋力揉了揉眼皮，睫毛刺到了我的眼睑，眼睛在瞬间恢复了力量——我是在自己的家里，一点没错，但刚才的那个女子呢？她去哪里了？

窗外是淡蓝色的夜幕，像一块巨型的绒布隔着黑夜与白昼的交替，它已经越来越稀薄，麻雀和燕子的鸣叫在零落地响起，我感到了阵阵寒意，凌晨的空气侵袭着房间，还有另一种力量在剥夺我身体里的热度。

这是我的房间,这就是现实和现在。

我突然感到了一种巨大的恐惧,那个夜醉的男子,应该早已上楼了,我想起是真的有那么几个人,总是凌晨归家,他们的响动总是惊扰到我。

我拉开门,一阵更凛冽的空气涌了进来,我打了几个寒战,揉搓着双手,走下了楼。

那辆蓝色清洁车还停在那里,卖早餐的男子还没有出现,没有一个人影,远处建筑物在蛋青色的天幕下,显露出陈年的腐味儿,它们总是这样丑陋,而在街道喧闹起来之前,却没有人会在意这回事。

我很有可能遇上了鬼魂,也许是香薰的原因,更有可能是因为我灵魂空虚,或者如老人所说的那样,阳气不盛。我打电话给冯大卫说了这个事情,他乐不可支:“你真会开玩笑,那只能证明你太孤单了,产生了幻觉,香薰不会有那个作用的。”

我有点无地自容,反而怀疑起自己来,此刻我应该振作,不应该失魂落魄地在梦里遇到另外一个女人。也许这里面还有点别的原因,我过得太孤单了,容易发生幻觉,有时候放长假,我几乎连续四五天在屋子里写作,从来不和第二个人说话,这种孤单有时候会摧毁一个人的意志,当失去了融洽的日常沟通后,总会有别的沟通形式来填补。

我想起了吕晓薇,那些日子我只是说我在桂海采访,收获还不算小。回来的时候只顾得调理自己,一直没有和她在一起,还有杜路,还有我的同事兼好友王宏和苏雪梅,他们才应该是我真正的伴侣,我应该像所有年轻人一样活得充实又有朝气,不至于动不动就来什么灵魂出窍。

一个好的习惯，一个健康的爱好，才能支撑起人的一生。

想起这个说法，我有点羞愧，我有那么多健康的爱好——对于它们的每一项，我都曾抱着巨大的热情去投入，钻研到里面的精髓，而不是一般人那样浅尝辄止，我网球打得不错，对音乐对美术都有点研究，我还练习书法，甚至知道了该如何去淘到真正手工制作的小楷笔，如何精确地运用它，只用一两根锋毛，去达到细致入微的效果。专心能让人获得强大的力量，而真正的和谐却应该来自于沟通。能够达到沟通这个效果的，我的爱好里只有厨艺。

厨艺对于我来说是注定失败的一种技艺，无论如何努力我都只能是个失败者。这无关于时间、精力、灵感、金钱，自从我明白一件事情之后，我就知晓了关于厨艺的终极答案。真正的厨艺来自于大自然的恩赐，我们只是顺应自然的造化，而不是从造物中强行勒索什么，因此我的那个答案就是我根本无法获得什么真正的厨艺，因为我既不能获得完全来自花粉的蜂蜜，也不是亲自动手摘去菜叶上的虫子，也不可能自己用烂菜叶去养虫子，喂出一只真正的柴鸡来，用红曲米让腐乳变得鲜红，用黑米给陈醋上色……自从我明白这些事情之后，我们经常讨论的那个问题——为什么我们永远失去了儿时的味道，似乎答案已经明确了，那种儿时的味道其实谁都说不清是什么，只可意会不可言传。有很多人试图自造食材复制儿时的味道，但得到的永远似是而非，可能在从种植到餐桌的漫长环节里，每一个环节的改变都会让我们彻底丢失了那种味道。

所以充其量我只能做一个合格的厨师，绝对不可以带上那个艺字，只是工业化超市的下一个生产环节而已，根本不能指望什么。有的画家会自己动手制作矿物颜料和植物颜料，但最好的厨师也很难自己去制作所有的原料，他们只能信任别人。我所能做的，是尽量让别人满意罢了，从他们那里找点乐趣和动力。这是我的生活习惯，每当我决定要改变自己的时候，都会从一个技能入手，从技能的增长中看到更新的世界，那个技能从台球、篮球、长跑、网球、诗歌、电影，一直前进到了厨房，虽然这些技能每一个我都没有穷极彻底，但每一个也从不曾忘个精光。

我头一天晚上去逛街，买好了一些比较少用到的原料，云南的野生红天麻，一块五一克的买了七十克，产地不名的藏红花，两克一百五十块，但能做十次菜，还有九十元一斤的干贝。第二天下午，在我确认好吕晓薇、杜路、王宏、苏雪梅四个人之后，就提前下了班，在超市里把剩下的东西买齐。

杜路永远是第一个敲门的，声音横蛮得没有道理可讲，从这点可以看出他和我的关系是多么地铁。那时我的天麻白莲子炖柴鸡正开始香浓起来，我自作主张加了一把干贝，其效果无疑是要吓倒他们。他深吸了一口气，露出迷惑的脸色："我去，你怎么用中药做菜啊。"但对于我来说，这种气味无疑是来自天堂，天麻永远带着一股浓烈的阳光气息，这种生长极其缓慢的块茎一定吸饱了四五年的高原阳光，然后会在烹饪中慢慢释放出来。他带给我四个柚木碗，这正是我需要的，除了一只一品大碗用来盛汤，其他的餐具实在都乏善可陈。

我最担心是吕晓薇第一个来，如果她第一个来肯定会让杜路看出我们之间的关系。如果她来了肯定不肯闲着，她的表现肯定就是我们的未来：抢过所有洗、涮、切之类的活，只把重要的留给我。这并非我想要的，我的习惯是只允许厨房里待一个人，并非我多么霸道，而是我在厨房的动作有点夸张，随时会碰到其他人，但这正是我的优势所在——我能统筹得十分精确，在炖汤之后开始做其他菜，把油倒下去还没有烧热的那十几秒之间，也能飞快地拍好一把蒜泥；下锅炒干第一波水气的同时，也能搅匀三个鸡蛋。这样就似乎有两只手在同时做菜，一个小时对付完普通的四菜一汤完全不是问题。

那一头一丝不苟的直发，有点让杜路失望，在吕晓薇进来的一瞬间，我听到杜路说："你是他同事吧。""不，我是他同行，经常一起采访的。"然后，他们在外面一直无话可说。杜路只能不停地跑进厨房观察，然后又不停地被我轰出去。等到王宏和苏雪梅同时到来的时候，家里终于真正热闹起来，三个记者不停抱怨着差旅的标准、选题的无聊，还有社会的混乱，偶尔谈起哪个总裁是多么无耻而好色，杜路就赶紧加入他们的谈话，那些名字他总是知道的。

藏红花蒸水蛋的色彩效果让杜路惊叹不已，因为他学设计，只注重手艺的外观，如果他不来，我根本无需添加藏红花，这种草本植物的雌蕊一克就有一百五十根之多，那小小的十来根几乎很难吃出什么味道，仔细品似乎有一种来自化学制剂的香味，但杜路却对此心驰神往，他非要用"奇香扑鼻"来形容，我只能承认，那种香气肯定来自于颜色，如果下次有机会，我得弄点胭脂虫给他尝尝。

我的手艺立刻征服了这几个北漂迟钝的味觉系统，天麻白莲子炖柴鸡浓郁得霸道；竹荪扒菜胆因为过了不少油，亮得像一块翡翠原石，竹荪有一种缎带式的口感，当它覆盖在翠绿的菜心上时，美丽得如同包扎了一个珍贵的礼品。我用这几样华而不实的东西巧妙地掩盖了真实的用心：一道杭椒（我只能买到这种）炒香干，还有一大碗木耳炒肉，我在里面放了不少生姜和剁辣椒，没有这两样东西，我肯定会吃不下饭。

竹荪和藏红花之类马上展现了它震撼的效果，吕晓薇谨小慎微地慢慢品着，似乎开始重新琢磨我这个人。王宏一个劲地夸我，说从来没有想到童老师有这一手——他永远在崇拜我，不浪费任何表达这种崇拜的机会，而内心却一直不求上进，这是我为他感到惋惜的一点。而苏雪梅却不动声色地把每道菜的做法都学了去——她的问题很少，但全部都在关键步骤上，比如蒸蛋的绿色来自于哪里，我不得不承认我放了食用石灰，并告诉她该如何沉淀。

也许我某一天会给吕晓薇做早餐，用前一天剩下的汤头来做面——现在，她一心品味着我的劳动成果，也许想到的是同样的事情，脸上不时泛起一点潮红，也许她也在想象着哪一天穿越春季的沙暴和冬季的冰雪，在天色刚好暗下的时候奔赴一个家的感觉？还在几个月之前，我每天不但要做好李小芹的早餐，而且要让她顺便带上午餐的便当——我从不让她揣着早餐上路，她是我用微薄之力呵护的公主，现在，我终于恢复了将李小芹换成另一个人的能力……这种无法避免的联想顺着劲酒缓慢而甜腻的力道，慢慢上升为一种血液深处的激越，仿佛真能用征服一个胃去征服一次人生。我们三个男人势不可免地喝多了一点，杜路的嗓门越来越大："嘻嘻，不知道哪个傻妞吃着这么好的东西，偏偏还要走。"

苏雪梅敏锐捕捉到了我眼神里的异样，她端起她的茶杯："来，让我们祝童老师早日成双成对。"

杜路独自一人摇晃着站了起来："你呀，你呀，还是早点弄个自己的厨房吧，都帮你搬了三次锅碗瓢盆了。"

等他们全部离开之后，我才恍然想起常青青嘱托我的事情。现在就得去，乘着点半醉的酒劲，不然明天我更难提起心情，毕竟，帮人打扫下房子不是那么有趣的事情。给她打了个电话之后，我找出那串钥匙，决定徒步去松榆里。

秋天的夜晚像失去了所有的能量，迅速地寒冷下来，我向西穿过了几条由老式单元楼和单位大院所组成的街道，这些街道都不宽，随时可以飘来羊肉汤和酱肉的气息，但这丝丝缕缕的香味，马上又会被更恶劣的气味所吞没。几个醉汉一路高声咒骂着走过，身上冒着混合着酒精和熟肉等令人作呕的体味，几辆泔水车拖走了他们的残留物，那种强烈地混合着数百种食物和油水的味道，如恶魔般地横扫整个街道，在还没有起风的夜晚，这种味道如同一件湿透的棉袄那样沉重。我瞬间感到了头痛，似乎体内也有这种作呕的东西要炸裂开来，于是我飞快地跑了起来，几乎跳跃着上了一座东三环的天桥——那上面风很大，使得上面的所有行人都行色匆匆，这个城市有太多无法让人停留的地方，人存在于那里，仅仅是为了路过而已。

我深吸了几口气，风吹干净了所有的腐臭味道，天桥上几个小贩佝偻着身体，守候他们绝望而固执的小生意，巨大的车流带着永恒的呼啸和噪声，在脚下奔涌，这绝对是无法驻足的地方，即使在天桥之上，当你被前方数千盏刺目的大灯烫伤额头的时候，也更容易忘记在反方向的危险，有更多的灯柱在汇聚，它们巨大的能量轻易透过你的身体，让你丧失所有的存在感。

我走入一栋巨大的有六个单元门的楼房，它那丑陋的身躯蛮不讲理地从一堆只有六层的楼房中拱了出来，矗立在此的目的，只像是为了做一个巨大的容器，它仅仅是为了收纳而存在，如果能从空中俯瞰，那一定是数千个卑微而固执的生命所构筑的存在，它是黯淡又坚固的蚁巢，

我坐上咣咣作响的电梯，我在十四层下了电梯后，陷入了一片黑暗，唯一的光亮变成了电梯门的指示灯，我呼救似的死命地跺脚，还是没有唤来照明，那一点红色的按钮在哪里？我努力在黑暗中辨识着，寻找照明的按钮，但什么也没有，我肯定，除非我能等到有人打开房门。于是我大喊了一声："喂——"走廊突然就亮了，那个失灵的声控装置又活过来了，一个结满了蛛网的白炽灯泡，勉强让人看得清门牌号码。

我一边给常青青打电话，一边拿出钥匙打开房门，飞快地走到每个房间，打开了门窗，让里面完全死去而腐烂的空气马上消失。风毫无阻挡地从阳台穿行到走廊。我慢慢看清了这里，其实并没有肮脏，她把每个家具都用旧床单或者报纸覆盖好了，一切井然有序，能看出至少半年这里没有任何生命活动过，蟑螂，还有那种能在微小角落里筑网的金色圆蛛都没有生存下来，风吹起了淡淡的杀虫菊味道。按照常青青的吩咐，我掀开报纸和床单，到阳台上去抖落灰尘，然后检查是否有腐烂之物或者是漏水什么的，等确认一切都安然无恙之后，她要我打开了大衣柜右

侧的那扇门。一摞又一摞厚实的织物堆在里面，有的已经很旧了，柔软得已经没有了分量，有的明显是新的，用塑料纸包裹着。我摸到一个用塑料纸包着的东西，里面是一块硬硬的橡胶制品，那是她想给我的礼物。

一个颀长的猎豹图案印在上边，那是一只白色的施莱辛格排球，没有打气，平整得就像一块手帕，“那是我在英国打比赛的时候带回来的，很正宗呢，已经放了三十多年，你收好吧。”

“谢谢妈妈，我一定会一辈子收着它。”

“还有，你摸摸最底下，那里有一套没有开封的睡衣，你记得给我快递过来。”

我找到了它，那是一套淡粉色珊瑚绒睡衣，上面印着草莓和蝴蝶的图案，它们无一例外都是红色的，很漂亮，她肯定属于某个女孩。

“我找到了，很好看啊。”

常青青在电话里哀怨着：“本来是给我女儿穿的，一直以为她还会在我这儿睡。但自从为房子的事情吵架之后，她就再也不肯在我这儿睡了，也不知道我给她买了这套睡衣。唉唉，你说现在的孩子，咋一个个这么倔啊？”

“妈，等你从桂海回来，也许她就会舍不得你走了。”

一种莫名的悲伤，从电话的那头低沉地传递着：“不是，不是这样，你不明白她，也不明白我。我现在只要闭着眼睛，就会看到她小时候穿着草莓图案的睡衣，叉着两腿睡觉的模样……她是我的乖女儿，总喜欢挨着我睡觉。”

我轻轻地关好衣柜，在我对面，是一个镶满了照片的巨大相框，常青青留着男式短发的年轻模样占了大多数，她穿着厚实的涤纶运动服，胸前印着北京两个字，有的是站在领奖台上，有的是和队友头挨着头微笑，有的是在各地体育馆外的合影，照片旁的白色小字注明这里是南京、合肥、南宁、伦敦……也有她抱着女儿的照片，那个小女孩，茫然对着镜头，用小手下意识地抱紧了妈妈的脖子。

相框的下面是一个陈旧的松木玻璃陈列柜，里面放满了奖杯、奖牌，那些劣质的软金属奖杯，上面镀着的金银薄膜已经开始脱落、开缝，唯有木制的底座上面的字迹依然清晰，还有一个玻璃制作的奖杯保持着晶莹剔透的模样。全国青年锦标赛最佳二传手，第四届全运会道德风尚奖，全国女排联赛第三名……我辨认着这些字迹，想起她几乎从未和我谈论冠军这回事，好像它们真的从未发生过一样。

离开那里的时候，我体内的酒精完全被分解掉了，随之失去的还有体内的热量，我裹紧了衣服，在突如其来的大雨中找了一辆出租车。

我回家以后，才发现所有碗筷都一片狼藉堆在桌子上，杜路还在一只汤碗里留下了几张卫生纸和烟蒂，这种景象简直无法容忍。我马上扔掉了手上的所有东西，飞快地收拾起来，垃圾袋迅速地装满了，碗碟在洗碗槽畅快地旋转着，污水顺着下水管汩汩流下去，它们在我的手下浮起一层白色的泡沫，食物残渣和细小的菜叶打着旋，随着水管发出一阵牛饮似的咕咚咕咚巨响，满槽的污水终于消失不见。

我必须再将碗碟涮上一次，然后用干净的抹布再擦一次。在擦第一只碗的时候，那条抹布不知为何滑溜溜的，瓷碗摔在了地上，刺耳的声音似乎让整个夜晚都在支离破碎，四十瓦的白炽灯在微微摇晃，时间有点停顿，瓷碗一半是完整的，一半成了碎片。

天啊，我忘记昨天用过这块抹布之后，将它清洗干净，它上面还残留着一些洗涤剂呢。

我精心地将那些碎瓷片一点点捡起来，扔到垃圾袋里，我细心做着这件事，连橱柜的缝隙里，自己的鞋子底线都仔细找过了，绝不允许有任何的残余。手上的水分在飞速地干燥，一阵阵寒冷裹了上来……我得马上洗个澡，那酒精所带来的热量，现在成了一种被彻底掏空了的寒冷。

卫生间里有点污浊，绿色的塑料置物架积了些肥皂垢，白色的瓷砖有的已经破碎，边缘泛黄，露出底下的水泥底子来，但这并不妨碍它的保暖效果。放了一阵子水，白色的蒸汽马上挤满了这个小小的房间，我深吸一口气，脱光了自己的衣服，闭上眼睛，任由滚烫的水流从面部倾泻到自己的腹部，此刻我心满意足，即使廉价的力士沐浴露和飘柔洗发水，都带着沁人心肺的香味，蒸腾如春季的花园。

在我擦干身体，迅速将一套保暖内衣套在身上之后，白色的水汽也消散了，窗外除了大杨树的剪影，几乎一无所见。一阵窸窸窣窣的声音在窗外响动着，也许有小雨，也许有坚硬的沙子，管它呢，到底是什么景象，我得等明天才会看见。现在我感觉好多了，晚宴虽然狼藉不堪，但充满了生机，消失的热量又重新在体内涌动，我感觉现在我能做任何事情，写作、通宵打台球，或者一场子夜的长跑。在越来越冷的日子里，我也越来越需要这些活动去驱走那无尽的孤寂之感。

我用浴巾挤干净头发里最后一点水分，然后推开门，一些没有散尽温暖的水汽倏然消失，一个女子，还是那个女子，此时正恰如其分地站在门口，望着我微笑。

我瞬间如同又被浸入了冰河，紧贴着肌肤的保暖内衣成了冰冷的铠甲，一个寒战在体内快速地泛滥，每一块肌肉都颤抖了起来。

我强迫自己镇定，镇定，这个不可思议的女人依然穿着那种白色缎子，带着蕾丝和透明细网格的长裙，好像季节和天色对她全然不会有任何作用，她望着我的笑容如此熟悉，显然把她自己当成了这个房间与生俱来的一员。

她是谁？这他妈的到底是谁？

“你没有关房门，所以我先进来，就在这儿一直等着你。”她若无其事地说。

啊？是的，我想起来了，我随手扔下东西，就开始收拾餐桌，我总有这样的毛病，在一个忍无可忍的事情上，会忘记其他的事情。

这个解释让我稍微松弛了点，我拿着浴巾继续擦头发，也装作若无其事地走进了卧室，开始套上毛衣和宽松的运动裤。

她跟着我，眼里露出一种观赏者的嘲弄，如同我在进行一场滑稽的表演。事实上也是，我忘记了关门，我穿着丑陋的保暖内衣，头发被揉成了一堆杂草。

我用手去梳拢头发的模样让她又笑了：“你看起来身体不错。”

“但头发不多了。”

“你可以吃点药。”

"从我上大学开始，就不再相信药。"

"但你确实吃了。"

"你看见了？"

"对，就在今天晚上。"

我想起来了，今天晚上的天麻可以算成药，现在，毛衣和晚餐又让我的身体恢复了一些热量，小腹的动脉有些轻微的跳动，有一个这样的人存在，其实也不赖啊，我想。

我开始一边摊开自己的被子，一边思考着这个女子到底是谁。等被子摊好以后，她坐了下来，身体轻盈得完全没有重量，被子和床垫一点都没有被压下去。一丝娇羞爬上了她的脸颊，那白色的缎裙虽然微薄渺小，此刻却无处不在，如同一个我可以随手抱起的婴儿那样纯洁无瑕。

我开玩笑似的说："你也想睡这里吗？"

她好像没有听到似的，越来越温暖的室内空气，让她陷入了一种舒适又没有任何主题的思考之中，眼神里闪烁着一些奇异的光芒。

"我想要一些音乐。"

"你想要什么样的？"

"就是那个，那个，你前一晚放过的，像在下雨的那一种。"

我想起来了，那应该是肖邦升C小调21号协奏曲，带着雨季的弥漫，适合从高处倾听，从轮船的甲板上，从水边的露台上，从能够看见星空的楼顶，只要有一点高度就行，它就能让你仰望一些东西，你的上空没有遮蔽，只适合让它倾泻下来。我找出刻录盘，我的房间很小，它演奏得稀稀落落地，竟然也能在片刻挤满这小小的房间。音乐在拉近着我们，如同时间的雨点，陷入很多回忆的片段。

我选择了单曲重复，在十几分钟后，她才从沉默中抬起头来："这样多好，你不该叫那么多人过来。"

我知道她说的是晚餐的事情："那些都是我的好朋友。"

"那也没有必要在这里啊。"

"那关你什么事，你吃醋了？"

"不是，我怕别人在这里吵闹，你不知道，你一个人的模样多么可爱，你在阳台上抽烟，在键盘上抽烟，在音乐里发呆的样子，我都见过。"

我的嘴唇在哆嗦着，然后伸手按下了暂停键，音乐消失了，现在，这里只有我和她在面对，一个美丽又神秘的女子，在什么时候看见了我？

"你到底是谁，你什么时候进来看见我了？"

那种无法言说的茫然感，又紧紧抓住了她，她重新低下头，重复那种似乎永无止境的思考。"怎么说呢？我这些天都在看着你啊，我根本回不去了，也不知道该去哪里。其实，其实这样也挺好，如果没有人来吵我，我会一直在这里想清楚的。"

"那你知道你能回去哪里吗？"

"对了，这就是我一直在想的问题，我该回哪里呢？"她仰望着天花板，那盏微弱的冷光灯，似乎可以给她提出某个答案。我想起来了，电影里存在的某种人物，既没有过去，也没有未来，她们只能停留在当下，她们被彻底囚禁了，根本无处可去，她应该就是那种人，什么都计算不清了，她们失去了某种智力，反而因此变得更加美丽。

也许她根本就是在骗我，拿我开玩笑呢。想到这里，我又有点生气，我拿起两本书，一本是剧作类的，一本是《收获》杂志，狠狠地扔在床上。她被吓了一跳，马上站了起来。我说："我得看书了，我不想和你总是讨论这没有意义的话，你最好现在出去。"然后，我摊开杂志，开始飞快地浏览目录页，四五个中篇，一个长篇连载，还有我最喜欢的"一个人的电影"。我的眼神刻意不再望她，由她自己选择。没有想到她不但不想走，反而也把头凑了过来，一阵女性的体味打散了我的注意力，也许这才是真正的夜晚，但我洗澡后迅速干燥的皮肤有些发痒，她头发上幽然的香味此时和我的念头如此格格不入，因为我根本不知道她是谁！

我扔掉书本，伸手去抓她的肩膀——我不是想拥抱她，而是想用剧烈的动作刺激她一下，故作生气地质问她，摇晃她的肩膀，用恶狠狠的眼神摧垮她。我已经为自己设计好了这样的镜头，怒吼，质问，直到她说出真话，再缓和下来。然而，她似乎识破了我动作的真实意图，"啊"地惊叫了一声，完全躲开了，她退到角落里，被一种恐惧的火焰包裹了身体，裙裾瑟缩不安地摆动着。"你，你个混蛋。"

这下我真的生气了："你骂我，你跑到我家来骂我……"

我伸出双手开始了更激烈的捕捉，就在我快拽着她袖子的一刹那，她跳了起来，飞快地横越了床铺，只留下一头长发飘扬在脑后。我也紧跟着，用力踩上床铺又蹦下，床板发出一阵咚的巨响，好像已经被踩塌了。我顾不得那么多，继续猛冲向她，她靠着大衣柜，佝偻下了身体，好像在等着一头绝望的猛兽将她吞噬，眼睛里有泪水流淌下来。"你不要问我，你真的不要问我这些。"

我犹豫了一下，恶狠狠地骂出几个脏字，今天这事不搞清楚就没完。我伸出手想把她拽起来，她却猛然直起了身子，闪向一侧，飞快地拉开了大衣柜的一扇门，我的头狠狠撞在了上面，一阵剧痛传来。这下我是真的生气了，我的心里涌起了千万句咒骂，然后这些咒骂又成为现实。我抓起所有的东西扔向她，床头柜上的书本，一个塑料闹钟，她四处躲闪，我又冲到床边，抓起那两本书扔向她，然后是小书架上的书，一本接着一本……

直到所有的东西都扔完了，我发现竟然没有能击中她分毫，她靠在墙上，胸脯剧烈地起伏着，头缓缓歪了下来，眼泪流淌到了嘴角，又肆无忌惮地顺着下巴流了下来。

我也感到了一种彻底的空虚和无聊，等一切都安静下来。我踩着散落一地的书籍，喘着粗气，努力让自己的心跳安静下来。“你一定得说，你不说你就不要再来，真的，你不说我没有任何的安全感……”

她继续着那无休止的哭泣：“我是真的说不出来——啊，天啊，让我过一阵再告诉你好不好，让我彻底想好再告诉你好不好？”

“不行，我一定要搞清楚。”

然后，我听到外面一阵咚咚咚的敲门声，固执又猛烈地，从楼梯间一直传到卧室里，刚才实在太吵，我们什么都听不见，也许已经敲了十分钟了。

听见那敲门声，她牙齿打战，真正流露出一种非走不可的神情来。

我说：“你等着。”然后定了定神，关上了卧室的门，来到了餐厅里。

那阵猛烈的敲门声还在持续着，我把门打开了三十厘米宽，看见肖阿姨披散着头发，手里夹着香烟，用很勉强的笑容看着我。

“怎么啦？小两口又吵架啦？”

“不好意思啊，阿姨。”

“没事，没事……”她把头往里伸了一点，我马上把门全部打开，让她看着我空无一人、已经收拾得光亮整洁的餐厅。

她满意地笑了笑：“你们应该小声点呢，邻居和你不熟，就让我来看看。”

“我们已经吵完了。”

“那就好，那就好，你们好好休息吧。”

等我回到卧室，她却已经不见了，只有凌乱的被窝，落在地上的书籍、鞋子。那种景象几乎让我所有的思维都冻结，我走到阳台上，冰冷的雨点真的落了下来，外面万籁俱静，所有的声响，都被那种密集而细小的无尽雨点所吞没。

我呆住了——很有可能，我遇到了真正的鬼魂，天啊！我把烟灰缸拿到了床头柜上，猛吸了几口烟，收拾好地上的东西，然后关紧所有的门窗，缩进了被窝里。烟草给肺部带来一种强大的力量，如针刺般的快感传达给脑海，我翻弄着手机，想不起该跟谁讨论这事，冯大卫？杜路？不，不，这是现实的城市，这是现在的城市，这是活着的信息化的城市，物质丰富的城市，没有人会相信我，绝对不会有人相信我。

我只能相信自己！

我想起了那个大学同学找我点烟的那回事了，他已经死去十多年了。突然我对这事有了点信心，我只是在瞬间接通了另外一个灵魂而已，何况，她不是那么坏，何况，她还是那么美丽。

我扫了一眼我的书架，想找点答案出来，但我的书架上没有任何一本书和鬼魂有关。

另外一个可怕的念头涌了上来，她会不会还过来？也许我睡着的时候，她就在我身边一直看着我？我浑身哆嗦着，想要找一种抵挡的办法，飞快地转动着千百个念头，巫术、定力、业力、佛经？或者是我自身对她的说服力？我感觉到自己贫乏无比，只能用被子裹紧了肩膀，让下巴紧贴着被沿，不让一丝热量泄漏。

被窝里越来越暖和，我终于获得了一点点的安全感，那个空空如也的右侧带来些许的寂寞，午夜已经来临。

我不断安慰自己，她不是那么坏，真的，也许她根本就不是鬼，她用自己的办法和我开玩笑。我想起了她的体温，她嘴唇上的水分，她光滑的头发，那紧紧搂着我后颈的双手，传递过一种亲切的热流，让我有点后悔，没有在那一晚紧紧拥抱她。

也许，她仅仅是一个将在冬季和我取暖的女子，我们紧抱着的身体，在冷寂之中暗流汹涌，对于彼此的孤单而言，拥抱就是与生俱来的拥抱，她已经告诉我，她这么想过。

一阵松弛的眩晕传来，我知道我将沉沉睡去，或者从未真正睡去。

第五章

“什么？你说你遇到的是鬼？”吕晓薇被吓得一愣，然后在电话那头爆发出乐不可支的笑声。

笑过之后，她继续说：“童老师，我还不知道您这么逗呢。至于，至于我到您家里去驱鬼，我想我一没有那个义务，二也没有那个胆量。”

我讪笑了几声，也不知道怎么会给她打这样一个电话，也许想看看她对这种事情的反应，此时我才觉得有点冒失。大大方方邀她去做客好了，反正从那顿晚餐开始，我已经看出她不会拒绝我什么，何必又找这么个不靠谱的借口。

我只得说：“其实，就是期待着你过来啊，陪我看看电视剧什么的。”

“我觉得不像啊，童老师，你刚才说得那么认真，我都快被吓死了。你等一下……”

她停顿了片刻，好像在和旁边人交流什么。“要么是这样，今晚我就不去你家里了，你要么来我这儿先和我会合，我们一起去参加一个徒步活动。”

这正是我求之不得的事情，反正暂时脱离一下那个女子也好。

“需要我准备什么?”

她说:“等一下。”电话那头,她继续和旁边的人说话,我什么都听不清。“你准备一个自己的睡袋和一根手杖就可以,户外用品店都能买到。”

下班后,我直接买了一个厚实的冬季睡袋,然后在十三号线的一个站口和她汇合了,那里到处都是背着背包,提着帐篷和睡袋的年轻人,和我们一起候车。我们登上一辆大巴车,往北京北部的山区驶去。

等我们抵达那个山谷之后,天已经完全黑了下来,吕晓薇租下了两个帐篷,我们一起把帐篷搭好,她才告诉我,周六和周日都会在山谷中行走,每天需要走五十公里,一共要走一百公里。我倒吸一口凉气,妈呀,走完也许周一人就废了。吕晓薇说:“你不是喜欢长跑吗?你没有问题。”我说,这和长跑完全不一样,也许我能撑到结束,但不知道后果会怎样。

夜里,我望着帐篷上的顶灯独自发呆,周围的人声顺着夜晚的空旷冷风阵阵传来,反而让这种独处充满快意。我和吕晓薇约会过好几次,却从未深谈过,我仅仅是从表象上认可了她,扎实稳重,其貌不扬,而又极富韧性,这样的一个女孩,多打打交道,肯定没有坏处,此刻她也待在自己的帐篷里,不知道在做什么。

然后帐篷的尼龙布上就有了些响动,沙沙地如同麦苗的拂动,我很快意识到这是微不足道的小雨,少年听雨歌楼上,红烛昏罗帐,我很自然地想起这首词来,中年听雨客舟中,断雁啸西风……后面一句是什么,我怎么都想不起来,尝试了几十次之后，我把思维调到了诗歌上，帐篷尖端摇曳不定的灯光让我想起了他，一个中学老师写的诗：一只蝴蝶标本用时间的别针钉在天幕，一座蝴蝶形的风暴，它的缺口在另一个更深的地方，风暴中央安静的湖面上，一群天鹅将弯曲的身影从镜头里取回……后面是什么，我又忘记了。此刻，旁边的另外一顶帐篷响起了一群大学生玩斗地主的吵闹，然后又有滴滴答答的声音扑在帐篷上，近得如同就在自己的耳廓，滴滴答答的声音越来越密集，如同千军万马急不可耐的脚步，我意识到，外面的细雨已经转为中雨了。

我掀开帐篷，一股大风就灌了进来，雨声马上大了数倍，不知不觉间，山谷里密密麻麻扎满了帐篷，足有上千顶之多，这是冬季之前最后大规模的徒步活动，年轻人在旷野里找到了天堂，黄色的白色的各种灯光，隔着帐篷在轻微地摇曳，雨水使得这种摇曳更加模糊不定，如同幻境。

我大喊着吕晓薇，她从帐篷里钻了出来，说防潮垫有一角有点湿了，我发现她扎帐篷的地方有点倾斜，那就意味着那些细小的水流会在底线汇聚，而不会顺着帐篷的防雨层落到地上，然后四散开去。我们不得不把她帐篷里的东西全部拿出来，然后一起抬着帐篷挪一个地方，她很麻利地做着扎绳子，铺垫子一系列的活，全然没有任何烦恼之色，此时我们的关系既简单又充满斗志，我们就是同舟共济的伙伴。

深夜，雨越下越大了，几乎能感觉到水流在防潮垫下汩汩地流动，垫子的四角都有水渗了进来，我不得不不停翻滚睡袋，找到安全的睡觉空间，迷迷糊糊之中，雨势竟然成了暴雨，整个帐篷都在轰轰作响，听见周围不停有人起来大呼小叫，一定是帐篷或者睡袋已经被摧毁了。我这里形势暂时还是安全的，吕晓薇那里肯定也不赖，她重新选的地方比我的要好，我看了看手机，凌晨两点了，照这个下法，再等一个小时，无论多么好的帐篷，多么好的地点，也必定全部湿透。想到这里我睡意全无，几乎每过两分钟就要摸摸防潮垫，看雨水侵袭到了什么地步，这种强撑着的精神让人疲惫不堪，所幸，四十分钟过后，雨突然停了，我的防潮垫还保持着百分之六十的干燥。

第二天大部队浩浩荡荡地出发，我和吕晓薇并行了十公里之后不知怎么就走散了，当时我要求坐下来抽一支烟，她说她去前面等我，然后我就再也找不着她，打手机也不通。二十公里之后，我的左脚掌出现了第一个水泡，我用指甲狠狠撕破了它，液体把袜子和鞋垫都沾在了一起，反正脚上已经很麻木了，慢慢就没有什么感觉。然而大脑在不可遏制地四处狂奔，一下是李可染笔下汹涌的山势，一下又是关于老鹰的联想，最后我努力从大脑里拖出几首音乐来，Gorillaz 乐队，我以前戴着耳机跑步时最喜欢的：

City's breaking down on a camel's back.

They just have to go' cos they don't know wack.

So all you fill the streets it's appealing to see.

You wont get out the county, 'cos you're bad and free.

You've got a new horizon It's ephemeral style.

这首歌跑车似的节奏反而让我走得更加吃力，它太快了，反复无数次之后，就像一条狗想咬着自己的尾巴那样，在脑海里疯狂打着圈。现在，我肌肉里所能掏出的最后一丝主动的力量，也全部干涸了，才只有三十公里，我只会本能地迈动双腿。前后稀稀拉拉的几个人，都已经低下了头，连四处张望的力气也没有了。我决心像他们一样，盯着自己的脚尖好了，不要想别的，就当世界只剩下脚尖挪动这回事，也不要想着时间，这种机械而单调的行动，总会让世界有个尽头。

但这终归是做不到的，也许在几千步之后，父亲又钻到我的意识中来，以前他总和我吹嘘以前在部队急行军的事情，一天多少公里全然忘记了，只记得那是个特无聊的事，现在，我注定也得在此生体会他一次。

第一天的最后十公里，无论我再想什么都颠三倒四的，无尽的缓坡，无尽的沟壑，即使多看一眼也让人眩晕不已。在走过一个长满各种灌木的大下坡之后，一种眩晕感让我整个身体都浮了起来。虽然没有继续下雨，但铅色的云朵让天空出现了大片大片的黑色刮痕，风在耳膜里嗡嗡作响。我感觉到另一只脚也流出了液体，那只脚慢慢地就不再属于我，这该死的最后十公里就像五十公里那样漫长，我已经路过了很多所废弃的农舍，还有一座倒塌的砖墙，那里面飘来阵阵徒步者留下来的尿馊味。

最近的一处山脉可以让这种不适得到调节，那上面的黄栌叶子已经红到了最深处，像饱含着水分顺着山脊蔓延开来，远远地那里响起此起彼伏的叫声，我敢肯定，那里就是我们今天的终点。

我打起精神，这时候，终于体会到一种叫做意志的东西会取代身体，那是我以前没能体会到的。以前跑十公里左右，总是能靠身体的能量维持到最后，所谓的疲惫，乃是能量耗尽的警告，耗尽之后我绝不会继续摧残自己。而现在，能量在几个小时之前就已经完全空了，无论吃多少面包和巧克力都不能在短时间内得到恢复，其实耗尽的不仅仅是能量，而是大脑深处战斗到最后一刻的一种信念，这种信念在无休止的运动中也会慢慢死亡。

无论是能量、信念、意志，还是勇气什么的，它们总会死亡，但它们死亡之后，总会还有另一种东西蹦出来填补它们，那种东西你无法预料到它究竟是什么。现在我得到的答案是羞耻，是万一失败后必然的、无地自容的羞耻。

因此我剧痛的双腿全然没有了感觉，大腿已经完全僵硬了，小腿肚子也有些抽筋，但它们竟然还都在神奇地行动着，一种免于失败的恐惧感，或者长距离的惯性，驱使着它们不得放弃。

在最后一公里的标志下，我决定休息一下，因为我已经确信肯定能走到终点，我甚至还可以加快一点速度。我找到一块齐膝高的岩石，想坐在那里，这么高的石头，刚好让我不必往上爬，多浪费些精力，也不必坐得太深，以免要用手撑着爬起来。

等我走到那块岩石旁边，有两只脚从岩石下伸了出来，朝空中踢了几下——那是一种放松腿部的动作，然后一个女孩爬了起来，刚好就是吕晓薇，她的短发已经汗得紧紧贴住了脸颊，一种运动过度的暗红色爬满了她的颧骨，她还是开心地笑了，想不到我没有掉队，想不到我和她看中了同一个地方休息。

我们背靠着背休息，几乎累得说不出话来。

我掏出手机，上面积累了几条短信，一条当地的气象预报，三条促销，一条吴总发来的下周会议通知，最后一条让我绷紧了神经。

“快给我打三万块，工行××××××，李小芹。”

这可能是个骗子，我马上回了过去：“你是谁？你在哪里？”

然后我的电话马上就响了，我把头埋到了膝盖，侧过身子，用一只手捂紧了电话，不让一丝声音漏出去。

即使那个声音远离了一万光年，即使已经化为尘土几个世纪，我也是认得的。

“是我！”她的声音听起来非常焦急。我只能“嗯”一声，表示肯定。

“我这里出了急事，我必须要交钱，还差三万块就可以脱身，你明白了吗？”

我又只能“嗯”上一声，心里嘣嘣直跳，刚刚缓和下来的心率，瞬间又上升到了峰值。

她几乎是在用最后的生命逼迫我：“你如果明天不把钱转过来，我就死定了……”

电话里传来另外一个男人的嘟哝声，似乎在强迫她把电话掐断。

我给她又发了个短信，只有一个问号，然后就坐着发呆，她的短信，再也没有回过来。

和我背靠着背的吕晓薇缓过了劲来，她转过身，想和我并肩坐着，把头靠在我的肩膀上，然而，我的脸色让她吓了一跳，此刻，不但是我的双腿，我的脑袋也和岩石一样僵硬，不知所措。

“啊？你怎么突然这么严肃。是不是吴总打了电话，让你赶快回去？”

我摇了摇头。

“那我们就赶快走吧，先到终点再说。”

我望向远方，一大堆人马正背负着行囊，络绎不绝地正朝那深秋最后的一抹金红色走去。那条羊肠小道就像大地深处的缝隙，越陷越深，也越来越倾斜，人影却显得越来越渺小，越来越难以分辨彼此，那些徒步者最后都将因为这越来越大的坡度，滑向一个梦想的最深之处。风吹动着他们的衣襟，彼此加油的喊叫声远远传来，如同天色昏暗之前，牧童驱逐最后的羊群归家。

到达终点之后，我和吕晓薇决定在山脚下的小旅店借宿，第二天不再继续，也许是我糟糕的脸色起了作用。总之，如果能好好休息一个夜晚，第二天我们还是能完成那剩下的五十公里的，现在我们决定第二天回城，第一是不想让身体过度透支留下伤病，第二是我们已经完全达到了目的，体验如何去为长距离任务寻找力量，至于那个不是非完成不可的数字，对生活的本身实在是不能起什么作用，也许只能在朋友聚会的时候炫耀一下，总之，现在离开也不是个羞耻的事情。

回到城里已经是中午了，我和吕晓薇在一个精致的川菜馆吃饭，以补充昨日过度消耗的体能。刚好是午间新闻时间，电视里播出了几条外交新闻，然后是下半年经济形势之类，十来分钟后，就自然过渡到了地方新闻，当那个穿着乳白色西装的女主持镇定自若地说出几句话之后，我的心里如同被大锤打了一下，和昨天一样，完全怔住了：

"日前，公安部经济犯罪侦查局和桂海市警方，联合侦破了一起特大诈骗案件，请看详细报道……"

然后，镜头转到我看见过的那一大片海景房，随后是那些宣传单，一群人在开会，还有一群老人在聚餐。

“据办案干警介绍，以罗洪武为首的犯罪团伙长期盘踞桂海，他们以房地产虚假销售为掩护，以传销为手段，欺骗群众四千余人，短时间疯狂敛财十五亿元……在这次收网行动中，警方拘捕了以罗洪武为首的犯罪分子三十余人，对其中二十七人实行了刑事拘留，解救被骗群众两千余人。由于案情重大，牵涉人员众多，罗洪武以及海天集团的其他犯罪行为仍在调查之中……”

短短的一分钟，让我对那次桂海之行有了彻底的答案，一时间我心乱如麻，常青青怎么样了，李小芹到底是怎么回事，我心不在焉地匆匆吃着饭。吕晓薇显得很不愉快，我完全心不在焉，即使夹菜的时候也一直盯着电视屏幕。在地铁站告别吕晓薇之后，我迫不及待地打起了电话，常青青是关机了，而李小芹那头传来的永远是占线的声音。

想起李小芹打款的事，我推测有几种可能性，也许她得拿钱疏通下关系，也许是欠人钱给扣了，总之是个麻烦事，她在设法脱身，这条新闻可证明她完全身不由己。出了地铁站之后，我找了一台 ATM 机，输入了那个账号和数字三万，在按下确认的最后一刻，我又犹豫了：我不能这么冒失，我至少得给她再通个电话，确认到底是什么事情，万一是别人逼迫她打的电话该怎么办？

我抱着最后尝试一下的念头，再次拨了那个电话——“对不起，您拨的号码在通话中。”

这是疯了，都几个小时了，还是占线。

我的卡被退了出来，我在 ATM 机之前站了足足有十分钟，还是坚决地再拨了一次，回音仍然是“对不起……”

我决定把这件事情分两次做，先汇一万五过去，看她有什么反应。当我按下确认之后，回到街上走了半个小时，我的手机响了，是她的短信："谢谢，再见。"

当我再打过去的时候，那个号码变成了"对不起，您拨的手机已停机"。

一个不安的念头冒了出来，这次停机，也许就是永远的了，她倏然消失，不留一点痕迹，这和她去桂海之后的处世风格，完全是一致的。

汇走了一万五，又杳无音信，这事让我郁闷得不得了，我必须得找个人聊聊。我竭尽所能，把今天发生的事情给杜路描述了一遍，他在电话那头大呼小叫起来："你傻帽啊，白给一万五出去。你一个月才挣多少钱啊。"

我解释道："这也许是救她的命啊，不是钱的问题。"

"救什么救啊，都分了那么久了，你还想着救？如果她真心想死是你救得了的吗？"

我说："至少我得求一点安慰，她是因为我才来北京的，她不来北京的话，也不会被骗到那个鬼地方。"

杜路叹了一口长气："唉，你就信她的？也许她发了财又在你这里装呢，你就是陪着她一起装呗，唉，既然汇了那就汇了吧，反正你和她也睡了那么久……"

我默然挂掉了电话，一时间竟然想不起自己该干什么。也许，这就是事情的结束吧，就这样结束，难道不挺好吗？

怀着这样沮丧又无可奈何的念头，我被人群裹挟着，或者无头绪地被推挤着，走过一个百货公司门口，那里挤满了全世界最华丽的伪装，一个银光耀眼的巨大伏特加酒瓶矗立在门口的广场，一个大橱窗在展示精致的日本灯罩，一间剥皮小松木建造的房屋，也在成型之中，女孩们贴着玻璃，在欣赏一种有金色浮雕的手机，还有一个用金属做的，能不停旋转着喷水的微型花园……仿佛这就是城市能给你的百科大全，挨着这家百货公司，是无尽头的挂着灯笼的料理店，彩幡飘扬的食品店，黑色的数码体验店，挂满卡通的饰品店，箱包店……

城市竭力用物质给你提供在这里生活的所有答案，却从来没有我想要的。在这里寻找一个人，就像在森林里寻找一只普通的松鼠那样艰难。我们只是城市里亟待消化的存货，无论是街道、商场，还是公司，我们都必须通过物与人之间实现联系，才能实现人与人之间的联系。

这才是我听到那声"已停机"之后，陷入彻底的空虚和无聊之中的原因，我已经做了我能做的，但她却消失了，对我的努力不再有任何的回应。关于金钱的问题，每个人都表现得有自己的风格，有人注定将躺在蒂凡尼和爱马仕之上安然入眠，有的人却不得不穷尽一生，夜不能寐地窃取它们，或者借用它们，老练的内行会很熟练地操纵这些风格化的产品，然后用它们去熟练地操纵人，用它们衡量一个人的品格和能力。我根本不知道她最后会属于哪一种人，总之，她不再是以前的那个人了。

我不知道金钱能否买来我最后的安宁和宽恕，也许在别人那里，这一点点钱什么都买不到。其实从这一刻起，我已经当她彻底消失了，停机意味着她主动要抹去最后一点痕迹，在这网络、移动网络信息全覆盖的时代，一个人的消失，反而变得更加容易。

我再次回到那种没有止境的虚空之中，她此刻就像一个没有标点的句子那样，所有的故事都已经结束，但缺少的那个标点总让人寝食难安，仅仅是一个标点，就可以赋予这个故事一点意义，否则那个句子的存在全然悬空，永世不得落地。回到家里，我一口气把五六本书同时放在床头，伸平了肿胀的双腿，一本接一本胡乱翻着，《黑暗塔》系列，《21 世纪散文典藏》，史景迁的《前朝梦忆》……无论哪一本，都无法将这个标点最后落下，或者是无法将这个微小而执拗的念头放走，我无法投入到任何一本书籍之中。

就这样，我在极度的疲惫中度过了完全空白的两小时，枪侠的故事，张岱的故事，还有一个钢铁厂女孩的故事，在极其快速而强迫的浏览中，最后竖起为一堆扭曲的文字金属，它们以各自的风格铰接成为一堆金属的肠肺，犹如在走入一个巨大的蒸汽机房，动轮、滚轴、铁链、排气管，各种巨大的阀门，种种需要人努力去正视的精神存在，强大到让你不可能有任何的卑劣和自私念头，"黄昏时分，他听到沉闷的雷声，但眼前高耸的山峰挡住了视线，他们看不到山那边的暴雨"。

我相信文字的巨大力量，总可以将这些污浊而残忍的生活，破碎而无比荒芜的生活统统碾碎，我相信，我将带着这个坚定的念头沉沉入睡。

但黄昏真正来临的时候，一系列的麻烦却刚刚开始，暴雨将至，无处可逃。

电话又响了，是老家那边的号码，一个我非常厌恶的声音，但此刻又不得不接受的声音，那是李小芹的妈妈打来的。

"童明，你好。"

“你好，阿姨。”

那边停顿了一下，似乎在斟酌一个无论如何都肯定尴尬的词句。“是这样的，李小芹失踪了。”

“失踪？”

“这几个月来，她偶尔给我发个短信问好，却从不说她在哪里，号码也经常换。”

“那就不是失踪，今天可还给我发过短信。”

她发出一声绝望的叹息：“我知道她有麻烦，但不知道是什么情况，我想，你是不是可以去找找她。”

我本能地回答到：“我不！我已经和她没有任何关系了。”

说了这句话我又有点后悔，也许会惹她发怒，但她仍然不紧不慢地，甚至带着一点哀求地劝我：“上次的事情，虽然我们很无奈，但知道你是和她青梅竹马的朋友，只有你才能让她舍弃一切，所以，也只有你才能找到她……”

“对不起，阿姨，我们已经彻底分手了，如你所愿。”

她还是没有生气，但换了一种方式继续逼迫我：“分手也不意味着你没有责任，不是你她不会来北京，也不会从北京突然失踪。”

我一时无法反驳，因为这个理由也存在于我的心中，她现在得势不饶人，继续紧逼上来：“她也许被人害了！她太蠢太天真，这样下去有天死在外面我们都不知道！”

她几乎是在绝望地大吼着：“如果她真的出了什么事，我们会痛苦一辈子，你难道就一点都不会有？”

我被这个理由彻底地打倒了，好吧，好吧，我只能先答应着。

我痛苦地捂住额头，发现自己面临着一个非常荒诞的处境，一个失去了感情依存的人，却要我走遍天涯海角将她找回来？找回来了，我又该怎么办？

哦，这不对，不是找回来，而是找到她，确认她的存在而已。想到这里，我稍微踏实了一点。这个任务虽然带着强迫症，却不是全无意义，如果没有意义，那么卡夫卡和贝克特也没有必要将很多类似的故事写成文字，等待，寻找，一个只剩下符号般的人物。其实她并不仅仅是符号，只是我对她绝望无聊之际才会这么想。

那我究竟是在干什么？为一个非常讨厌的人履行承诺吗？我对她全无感情可言，履行了我也得不到任何满足。我是在为自己找一个心安吗？不，无论她是在上一秒消失或者在很久以前消失，我都会开始自己的生活，时间是记忆的窃贼，被盗窃一空的地方，总会堆满新的物品。

我开始一直在苦笑，突然想到一个地方，就变成发自内心的笑了。那就是这个任务多少带点调查性质，很像我的工作。我最近在做的一个题目是调查近十年来中国音乐少年的留学之路，除了十几个国家的学生之外，我们还得搞清几十个天才少男和少女在留学之后的结果，他们在哪里，他们在干吗？留学对他们的人生，起到了什么关键性的作用？

我接受了一个任务，李小芹就是我工作的委托对象而已！我是记者，更是侦探。

所以，不要害怕，让我开始吧，这事并非那么痛苦。

我打开电脑，开始搜索海天集团的资料。现在，各大新闻网站都转载了电视上的报道，还加上了不少背景资料，也有的派了记者在陆续发回报道，这个新闻的价值是在所有的类似圈钱传销的案件中，它的门槛是最高的，起步是三十万的房子，最高的是七十万，真正的富人游戏。关于海天集团的搜索结果出现了一千多页，但加上李小芹不会有任何结果。我只好按照关键词的关联度飞快地浏览内容。在翻过四页之后，我发现这样的工作没有任何效果，即使我对海天案件了解得再详细，也找不出李小芹的任何蛛丝马迹，她在里面到底是什么角色，案件和她到底有什么关系？

也许我得采访下公安局和法院，或者采访海天的高层，但我深知这种打着采访名义的调查非常麻烦，需要绕很大一个圈才能找到关键人物，其中任何一个环节被拒绝，又得重新来过。我还得兼顾自己的时间和金钱，完全消耗不起，我本能地给自己设定了一个标准，在这事上的投入，绝对不应该比对吕晓薇的投入更多，我宁可和她去爬一次香山，或者去看一看塞北的秋天。

但今晚我有的是时间，我至少要把自己该如何着手这个问题想清楚。现在的局面是，我就算把网页看上一千页，实际上也在原地踏步，得到的信息是一个笼统的结果，而不是原因，也不是过程。

一定要把调查方式逆转过来才行，应该是从源头寻找过程，再寻找结果，而不是从结果倒推过程，再找到源头。我心里突然一亮，如果能找到李小芹是为何去了海天，找到她不会太难，从这里找起，总比漫无边际地从海天案件几十个主犯和几千个受害者找起要容易。

王海燕已经斩钉截铁告诉我她和这事没有关系，那她是不是后来会和王海燕继续沟通呢？我尝试着打了一下王海燕的电话，她说很久都没有她音信了，以前的号码全部停机。

我死死盯着电脑，一个卑鄙却省力的念头，无法阻挡地从胸腔直接冲了出来。我在桂海尝试过破解她的QQ，何不再试一次，如果她有聊天记录在里面，那我就继续追踪下去。

我忘了那个破解软件尝试到了哪一步，现在我得重新来过，先是她的生日数字范围，再是她的身份证数字范围，还有她之前的那个手机数字，我在前面加上她的姓名拼音，在后面加上她的姓名拼音，然后是缩写……软件的工作进度栏在飞快地闪动，我完全忘我地投入到这个无聊的工作中，喝茶，抽烟，嚼着饼干，时间已经过了午夜也浑然不觉。

每一秒都有上千种可能性被排除，总归在接近答案，我一连几个小时紧张地盯着屏幕，每一个下一秒那个密码都会呼之欲出。

一阵来自夜晚最深处的呼吸，在这个完全封闭的空间轻微震颤着，我的脊柱本能地颤抖了一下，然后传递给疼痛不堪的颈椎，然后是大脑。

我的书桌是放在窗户之下，有半角的窗帘没有合拢，我稍微抬起一点头来，在那块黑色玻璃的反光之中，一个更黑、更深的身影，让我感到了被死亡攫紧的巨大恐惧。

此刻除了那些数字，世界本应空无一物。

那个女子，又无声无息地走到了我的侧面，她略微弯下了腰，和我一样盯着前面，电脑，或者那边全世界最黯淡最可怕的镜子，在这个似乎有一个世纪那样漫长的缓慢过程中，我已经彻底陷入了死亡和僵硬的深渊，不能动弹分毫。

但她根本没有注意到这个过程是多么漫长又令人恐惧，她毫不在乎地说："你在上网吗？"

我根本不敢侧过脸去看她。为了看清屏幕上的内容，她却把脸贴过来了。

那依然是光滑而有温度的、百合般淡香的头发搔动着我的耳廓，我终于吸进了一口气——刚才那一个世纪，我肯定已经停止了呼吸。现在，这第一口呼吸就像身处山谷之中，带着雾气和草本植物的新鲜，她的身体已经融化了我的表层，就像一个最熟悉的朋友那样。

我得提醒自己，我已经在电脑前沉沉入睡，然后迎接她的到来，我和她身处山谷之中，看着群星闪烁的夜空，她会举起一柱光束，射向渺茫而玄奥的大气。我陷入这完全被她控制的梦境之中，无法自拔。

进度条依然在顽强地闪烁着，她非常好奇地看着这个奇怪的玩意，那种面容已经让我根本无法拒绝和她继续对话。

"呀，你用的是黑客软件，破解 QQ 密码的。"

我难为情地想解释一下："是想找一个朋友，她失踪了。"

她继续盯着那玩意，好像产生了浓厚的兴趣："不用这样找人吧？你肯定是在找一点内容，隐私什么的，照片什么的。"然后，她用那种灿烂而清澈的眼神，紧紧盯着我，似乎又要开始在凌晨开始一个水晶般无瑕的舞会。

我说："我就是在找人，她被别人骗走了，她爹妈让我找回来。"

她爆发出一阵愉快的轻笑："我知道的，她是你的女朋友，其实你每天晚上都在找她，现在只不过是上网找而已。"

我有点羞愧，发自内心地不希望她知道这个事情，但她好像什么都看见了一样，包括现在，她露出了亲切而舒心的笑容，仿佛愿意和我一起去承担这个工作。

“其实，其实你很爱她，你爱她胜过一切，只是死活不肯承认这点而已，不然现在还有什么可找的。”

“不，你说的不对，我是为别的事情在找她……真的，别和我说这回事了。”

她对我的反应置之不理，继续着她那无边际的猜测和想象，“真正的爱是无法死去的，你越想让它死去，它就越有办法活过来，尤其是像你这样，总在夜晚看书和听音乐的人……”她的这种猜测几乎和软件进程在同步进行着，密密麻麻、喋喋不休地自言自语，我很讨厌这种处境，别人给你一个猜测，你非要自己证明那猜测是不正确的，我从不自证清白，我从不干这样的事情，现在得来个反戈一击，让她停下来。

我说：“那只是你的想象而已，你除了想象之外一无所有。”我这样说，并不能把她从那种沉溺之中拔出来，她继续着编写我的故事。“你在半夜都无法摆脱她，你用各种方式去想她，你陷得太深了，哎哎……”得了吧，我突然略带嘲讽地回击她：“你连自己是谁都不知道，还好意思说我。”

你是谁？我是谁？对于这个纠缠我们很久的问题，她也习以为常了，不再像之前那么困惑。和我一起盯紧电脑屏幕，似乎也让她有点疲倦了。她把我往边上挤了挤，让半边臀部也落在了椅子上，然后她支起胳膊，仔细地研究屏幕，一边回到我的问题。

“其实怎么说呢，这世上深不可测的问题太多了，你计算上千万次也未必得到答案。”

“但你是谁，这就是一个最简单的问题啊。”

她幽幽地叹了一口气，好像舍不得从刚才融洽的气氛中回过神来：“我可以告诉你答案，但你不要害怕啊。”

然后，她把头靠在了我左肩上，另一只手搂在我的右肩，那明亮到没有任何黑暗的眼睛，似乎已经把所有夜晚都全部看透。她的嘴唇如月季那样盛开，几乎是脸贴着脸的距离，空气里弥漫着一种隐秘的潮气，一种花瓣打开不能受到任何惊扰的力量，在通过那种眼神传达给我——但我心在狂跳，血以电速在奔流，每一簇神经，都像水中的海藻那样抽搐着舞蹈，聚拢又散开，散开又聚拢。

她是鬼，真正的鬼！她给我的温度，正在像灰尘那样消散。

她感觉到了我的紧张，却用一种令人沉入噩梦般的巨大力量，捆住了我的每一块肌肉，和脑细胞的传递。我一点都无法动弹，如同儿时那种鬼压身的梦魇，唯有她的声音，像来自天幕，和最高的山峰那样坚决、宏大。“我出了一点事情，被困在这里了，既不能回到过去，也不能前进到未来。”

然后，她收回了那种困住我的力量，还给我一片长久而又悲伤的思考。

我用耳语般的低沉，默然嗫嚅着：“所以，你没有名字，就像被按下了暂停键那样，既不知道上一个画面是什么，也不知道下一个画面是什么，你得有人帮你松开那个键，你才会知道，你才会告诉我，对吗？”

她彻底松弛了下来，好像也要给我一个解脱：“就是这样，我停在这里已经很久了，我应该很悲伤，对吗？但很久以后，我反而不悲伤了，因为我发现这样活下去，既不会劳累，也没有痛苦。

如果我知道过去，我一定是发生了什么事情才变得这样，我就会感到痛苦；如果我还有未来，我又必须得去维持我的生活，我就肯定会劳累。但现在呢？现在我只有现在，这样挺好，有时候我会想，我得这样一直活下去，就像我已经获得了永生一样……”

我的泪水已经噙满了眼眶，我搂过她，这种已经失去了痛苦的人，其实是不需要这样安慰的。突然，电脑发出“叮”的一声，让我们这种既虚幻又真实的沟通停止了。那个破解软件，停在了一个八位数上，前面四个是李小芹的生日，后面四个是我的生日，我陷入一片麻木，几十秒过后，她又唤醒了我：“不是出来了吗，打开看看。”

我将那个数字输入了李小芹 QQ 的登录框，上线了，那个灰白的企鹅终于有了颜色，然后它开始不停地闪烁，变成了彩色。

我回到了现实之中，理智和胆量，都因为这种闪烁而回来了，让我的神经又恢复了秩序，我知道这个凌晨我在干什么，我遇见了谁。至少此刻，我不应该再害怕她，因为她至少对我没有恶意，她不会让我从噩梦中惊醒，然后进入另外一个更可怕的噩梦，更不会打搅我的美梦，既然这样，我不如先安顿好她，以后再想办法。

我并不着急去点那个 QQ，我说：“对不起，上面的东西，我不想让你看见。”

她搂住我肩膀的手，悄悄松开了：“好吧，我理解，你也别太累了。”

“你会走吗？”

“嗯！”

“像上次那样走吗？”

“不是，你送我出去。”

然后我努力露出微笑，牵着她的手，一直走到门口。门外是彻底的黑暗，无边地汹涌着，虽然已经是凌晨了，但那微白的曙光还没有吹起号角，那千军万马的金色旗帜，还来不及奔腾过这无边的夜幕。

她转过身投入夜色之中，没有任何由明到暗的过渡，也没有任何的声响，仿佛她本就属于这里，也将永远属于这里。

我回到电脑前，再也提不起一点精神，现在，可以肯定是现在，我已经酣然入梦，如同在梦境里什么都没有发生。

在公司的整个上午，我都没法让自己有一点分神，那个留学生的选题需要做一次大的调整，很多人选都得重新考虑，有的是根本找不到人，有的人完全不愿意接受采访，老板决心在这个事情上面加大力度，距离稍近的地区，日本、新加坡、澳大利亚等都打算调派记者过去，至少得有生动的图片，和当地生活人文气息彻底结合好的文字，王宏和苏雪梅都在为即将到来的挑战亢奋着。我打了十几个电话，然后重新撰写提纲，制定工作计划表。

等中午这一切都结束之后，我又忍不住跑到楼梯间，给冯大卫打了个电话，说了第三次遭遇鬼魂的事情。

这下子他不能不郑重一点，问我是否可以到我家去看看。想起那个女子哀怨又敏感的模样，我说：“她不会出来见你的，任何干扰都会让她逃之夭夭。”

“那你打算怎么办。”

“我想让她消失，最好是彻底消失。”

“你就不想知道这事发生的原因吗？”

“至少我现在精力顾不过来，如果知道了原因，也许我会受到更大的干扰，你明白的，这阵我压力很大……”

他笑了笑：“但我不是驱魔人呢，我也没有试过。”

“你是个很神奇的人，至少你很通灵，至少你会有办法可想。”

他停顿了几秒钟：“听着，童明，我知道你不是在逗我玩，反复看见同一个幻境，是受了外界影响的一种心理疾病，其实你需要一点心理暗示做治疗。鬼魂这种东西，对于个人来说是存在的，但对于社会和集体而言，这个事情完全荒谬。既然你反复说这件事情，那我就当它是存在的好了。办法你可以一个个尝试，你记得乡下的巫术是怎么玩的吗？你知道传说里驱鬼的最简单的办法是什么？”

我想了一下，童年在乡下见过的道士和《聊斋》里面的一些描写涌现出来，我说：“我明白了，我先自己试一下，对吗？”

他说：“是的，尽管这些手段很荒唐，它能够不停地流传下来，肯定还是有自己的道理。”

中午，当其他人都昏昏入睡的时候，我的脑子却在飞快地转动着，我在笔记本前发了有十分钟的呆，想着到底是先继续制作选题流程，还是查一些驱魔的资料，或者是李小芹……想到这里，我打开了QQ登录框，继续这最隐秘也是最有压力的工作。

同时有七八个对话框弹了出来。第一个是一个叫做“鲍尔丁”的人，只有一个问号。第二个是“北京的冬天”，一声“我困了，晚安”而已。第三个是“大漠孤烟”，他对李小芹说：我这里资料不……剩下三四个同样没有任何值得振奋的信息，也有一个是王海燕的：“小芹，你爸爸妈妈到处打电话找你，你在哪里啊？

收到信息，请给爸妈报个平安吧。”

我重新看了一下这几个对话框，特地注意到上面的时间，最近的一个，也有两周多了。也就是说，她很有可能两周多没有再上过QQ，这时候，又一个对话框闪烁起来——我如同被电击一样，迅速退出了李小芹的QQ，心里砰砰狂跳：我竟然忘记了隐身登录，现在，我是在盗用她的QQ，明目张胆地窥探她的隐私。

灌下一大口绿茶，调整到隐身模式之后，我看着那个闪烁的对话框，那上面只有一个问号，还是那个叫做鲍尔丁的人发过来的。仔细分析一下，由这个QQ打开的神秘世界，至少有几个方面可以下手：第一是查找她使用我电脑的那几天的聊天记录，她的重大决定很有可能发生在那几天；第二是分析下给她发信息的这几个人，至少他们最近还是有联系的；第三我可以继续隐身使用这个QQ，看看到底会发生些什么。但这是最不可取的，一旦她同时登录，或者登录后出现安全提示，她一定会发现QQ已经被盗用，然后就会修改密码。我也无法冒充她发言或者提问，我在心理上无法跨越某种障碍——偷窥她的隐私已经足够卑鄙，无论以什么借口，再冒充她去发言，让我彻底感觉自己就是个窃贼，偷了她的东西之后，又去偷别人的。

我开始执行前两个步骤，历史消息里竟然是一片空白——她早留了一手，有点出乎我意料。这太不像一年前的她了，仔细一想这似乎也挺合理，她肯定想不到我会窃取她的QQ密码，那只是一种本能而已，从前在网吧里她就是这个习惯，她以为所有的聊天记录都会以文本格式存在着，其他人能轻易将它查找出来。第二个步骤让我的调查有了一个方向，除了王海燕，其他的发出对话的人都是来历不明的男人，他们的网名无一不老气又持重，资料栏里几乎没有任何内容，不靠谱的年龄，两岁，或者是一百零二岁，除了一个性别，其他基本都是空白。空间里也没有照片和日志，也没有微博和说说——QQ 对于他们而言，只是一种通讯工具而已，绝不会无聊到在上面展示自己。

我本能地先研究起了那个叫做“北京的冬天”的男人，头像是一个卡通的戴眼镜中年男子，可以确定在地域上他和李小芹有点联系，那一声“我困了，晚安”其实也大有文章。当一个中年男子不得已说出我困了的时候，那往往都是在子夜过后，甚至是黎明，可以确定他们在深夜交谈，关系非比寻常。

我徒劳地将他的资料页和空间翻来翻去，个性签名里的那句“爱一个人，就得带她去远方”让我陷入沉思，虽然知道再怎么看也没有更多的内容，更弄不清他到底是谁——但这种翻来覆去的姿态可以让我确立一点信心，如同拳击手将对手的照片挂在床边那样，假如看见了他，一切都胸有成竹，能又快又狠地出击。

“童老师……”我转过头，看见了一脸虔诚的王宏，这小子，难道没有看见我在电脑前发呆吗？我打开的那个对话框，是一个中年男子头像和一个少女头像，我飞快地关掉了那个对话框。

他递过一沓 A4 打印纸：“这是我所有采访对象的提问提纲，你帮我看看。”

我飞快地扫视最上面的一张，有点不耐烦：“这种采访其实你是完全被动的，根本没有必要写那么详细，你只需要拟几个提示性的问题，启发他说话，人在异国，说什么内容都是精彩的，他越想说的部分就会越精彩……你这提示性的问题也太没意思了，吃什么，住什么，有必要都事先写好吗？”

他红了脸，讪讪地说："那我拿回去再改一下。"

我又回过头去看其他几个李小芹联系人的资料，同样不能有更多有意思的发现——我一定是遗漏了什么，她的QQ不可能就这么点内容，她上面有186个联系人，其他没有出现对话的人也许可以一个个过一遍，虽然貌似数量很多，但两三个小时也是可以完工的。其他的呢？李小芹的空间里只有我和她在一起的时候留下的一些风景照，没有任何人物在里面。

再过去一栏，是QQ群，她把那里设置为免打扰，免提示，因此我开始忽略了那里。

那里面有三个群，一个是音乐爱好群，一个是"创富之海"，还有一个是"云飨衣裳花飨容"。

音乐爱好群是一片死寂；那个"创富之海"有几个人在聊天，有的人在聊如何用移动网络经营农业园，将养殖过程实现为客户体验，而不是单纯销售农产品，看起来创意不错，还有的人在讨论入股什么的，可能是几个矿业项目，也有人不停地发着链接，好像是采购红木古董之类的。那个叫做"北京的冬天"的男人，也是群成员之一，但现在他的头像是灰白的。

当我打开"云飨衣裳花飨容"后，感觉完全变了，这里就像水族馆一样五彩缤纷，几乎每秒都有两三条发言，加上各种表情、图片、GIF动画、有着诱惑力的鲜艳头像，一片欣欣向荣的盛世。

发言的大概有百分之八十都是女孩，从那些夹杂着各种异体字和奇怪符号的网名中，可以看出大多数都是年轻的女孩，她们无一例外都在讨论美食。在这座巨大的城市里，美食就像海洋里的微生物那样无可穷尽，各种论坛上，社交媒体上，传统媒体上到处都充满关于美食的神奇故事，每一天都有新的内容，那些胡同里的糖火烧、羊肉串、肉夹馍、麻辣烫、京味小吃的传奇，CBD金融街、商业区的米粉传奇，各种重口味麻辣食物的传奇，厨师的故事，创业者的故事，普通农民的美食神话……它们密密麻麻，每天都在堆砌着，似乎只要人还活着，就永远无法终止这种关于美食的疯狂，也永远无法穷尽它们。几乎每隔一阵，都会有令人羡慕的餐饮故事传出，每天限量供应的米粉，只在网络销售的小龙虾，占领主要地铁口的地方小吃，还有各种官府菜、私房菜、宫廷菜、异国风味，好像一个人即使终生生活在这个城市，也不能穷尽这些美食的千分之一。

现在它们以庞大的信息量和惊人的速度飞快地刷屏，这是一个两百人群，即使同时有二三十个人在聊天也可以看得人疲惫不堪，但我对美食是有兴趣的，总有蹦出来的古怪菜名和带着各种神秘色彩的新鲜词语，餐具的、原料的、制作方法的，当我愣在一个想不出是怎么回事的地方的时候，下一个又出来了，鲱鱼、黑刺李、黄杨木抓篱，焗、烤、闷、点卤、酱烧，刺模汤、枫叶糖……这些疯狂又似曾相识的词语，每一个都不成系统地零散出现，不仔细观察前言后语，根本不知道在说什么。在头晕目眩二十多分钟之后，我大概搞清了基本的头绪，他们不是在讨论同一个事情，而是三四个人或者五六个人各有各的话题，并且，他们也都不是真正的美食家和厨师，那些奇怪的食物他们自己也都不熟悉，只是刚接触到了拿来分享给别人，或者发出疑问。

只有说到一个事情的时候，他们才会指向同一个地方——那就是当某人说我终于吃上了“花飨容”的时候，所有的人都在祝贺，然后开始询问，一种充满羡慕的亢奋气息会瞬间弥漫所有的人，好像这才是他们聚集在这里的真正目的。“云飨衣裳花飨容”，这到底是什么？我打开群资料，相册里出现了数百张令人震惊的美食图片，打开任何一张，我都被瞬间秒杀了——这哪里是美食啊！从传统的刀工和摆盘已经无法解释那些图片所呈现的美感，看得出主人是用一种制作玉雕的精神在经营每一道菜肴，每一道菜都用强光灯拍摄，没有任何修图。淡黄色的蛏子肉，被一个叠一个地摆放着，构成一件裙子的图案，它们彼此间还被一种不明材质的金色拉丝串在了一起，马上让人想起那件“金缕玉衣”。几十只红色的甜虾，组成了一道红色的半月，连月牙的尖端也是非常锐利的，那是体型很小的甜虾尾巴，它们被完全托起在一种看不出原料的白色泡沫中，“彩云追月”，这是刻意让人能一眼看懂的。还有很多能稍微熟悉点的鲍鱼、鹅掌、禽类之类的菜肴，还有更多绽放着野性魅力的菌类、果实，它们无一例外地被处理成立体的雕塑，青色、白色，带着汤汁的温润和粉末的飘缈，似乎都会指向某一个典故，或者一句诗词之中。我想起来了，它们应该是一种罕有人尝试的意境菜，然后几颗硕大的干贝和水芹的淡雅组合，又提醒我这可能更倾向于传说中的那种禅菜，之后我看到了更多类似的图片，它们不强行让你去索取一句成语或者古诗词的解释，却让你过目难忘。

这些菜肴美得让我可疑，一般来说菜肴讲究美学讲究到了这个地步，真正的味道可能反而乏善可陈，至少不会宠爱我们这种长期过度咸辣的胃部。但从会话框里透露出的信息来看，这些菜肴还是非常好吃的，苦于汉语里形容味觉的词语比形容视觉的、形容听觉的少了太多，所有发言者都无法让我体会这些菜肴的真实味道，鲜美、极致、梦幻、不枉此生，那些尝试过“花飨容”的人无论如何费劲地搜罗到各种赞叹，传达给我的也是一种迷惑，反不如那些图片所表达的更真实一些——他很少使用各种酱料和辣椒大蒜等强烈调味品，他很尊重食物的自然纹理，和它们彼此之间的依存对应关系，他也将食物存在的环境彻底搬到了菜肴之中，云彩、溪流、竹林、岩石、田野，我从造型中感到了这种大自然的存在，那正是我们的食物生长的地方。

我对美食的研究从来没有前进到这一步，这些仅仅是直觉。比其他人更敏感的是，我看到了餐具和菜肴之间的关系，他肯定考虑到餐具的存在并不只是美观和容纳的方便，餐具也会对味觉起到微妙的作用，或者让食物更合理地发挥自身的魅力。比如他会用日式的陶器来盛有汤汁的荤菜，用不同深度的碗来对应汤类、煲类、黄焖、清蒸之类的，用各种玻璃器皿对付有汤汁类的蔬菜，用银器盛各种鱼子酱、不知名的豆子，用木制器皿放点心、主食、面食，并不是所有的厨师都会这样做。他用带着水草纹的餐具对应海鲜，用月季图案的白色瓷器对应一些干炒的禽类，用没有纹路的条形长陶盘放置整条的蔬菜，让它们尽量舒展开来。

这是一个极尽昳丽的美食世界，让人投入一个又一个人间胜景，短短一个小时，我大概看到了一百多种难以具体命名的菜肴和许多比它们更华丽的餐具，这惊人的诱惑让我流连忘返，直到我被吴总喊去，检查每一个编辑记者的采访提纲。

第六章

好在下班之后我并没有忘记自己真正想要做的事情，我准备好了必要的工具，一定要解决掉一个纠缠不休的大麻烦，对了，我还买了一些菜，一只柴鸡和一些菠菜。下午的浏览让我暗生惭愧，那点可怜的手艺只是在敷衍朋友而已，我将来一定有一个洁净宽敞的厨房和一个美丽的妻子，由此我下厨的欲望越发强烈。

现在，那只剩下了半边躯壳的生灵悲哀地躺在案板上，半个腔体空洞地裸露着，从脂肪的颜色和厚度我看出它并非赝品，如果它有过生命的话，它应该不是生活在圈舍里。这种肉禽对环境一直缺乏敏感，总是完整地接受给它的任何环境，中世纪的欧洲，它们成群结队在街道上觅食，即使黑死病横扫大陆也与它们没有一点关系，自从被人类驯养以来，它们迅速接受了房舍、田野、牧场、水坑等所有的环境，所以它才成为肉禽，而不像真正的鸟类，即使万里跋涉也得找到完美的栖息地，如果不幸被捕捉或者被迫停下来，它们宁可选择死亡。人类就是如此去甄选物种，要么驯服，要么尊敬。

我慢慢地清洗着它，它的腔体还残留着一些无法辨认的腺体，黑色或者深红色的，那是它用来分泌各种激素，维持身体平衡机能的，我一点点仔细除去了它们。还有粉红的淋巴体和非常微小的腺管，它最终被处理为一块可以食用的肉类。它曾经有过五对完美的胸椎骨，十二节颈椎，最为粗壮的是它的大腿骨——实际上那个最粗壮的部分也是脆弱的，一个成年人可以轻易用手指将它捏碎，它比鱼骨、猪骨之类更容易腐朽为尘土。我曾经在一个收藏家那里看见一根来自三百年前的鸡腿骨，它被处理成了白色的，然后刻上了精巧的簪花仕女图，顶端还加上了一个黄豆大小的盖子，成了一个只能装三四根牙签的容器，这个玩意的可贵之处在于它比瓷器和纸张更易碎，禽鸟的骨头是所有骨头中最脆弱的，雕刻的过程没有碎掉已是万幸，能够保存至今更不知道要渡过多少劫难。

我将它内部抹上一些料酒和香草粉，背上抹上一些盐，放上几片黄姜，翻转过来，让它保持安眠的姿势，放进了蒸屉。当水珠慢慢爬上蒸锅透明的顶部，我在想象，我得到的是来自谷仓的食物。

菠菜我也让它保持完整的模样，只除去了须根，那个长长的主根都基本完整保留着，快速焯水之后，挤干水分，撒上盐，我将它们盛在长瓷盘里，从中部撒上辣椒面和蒜泥，然后烧了两汤匙的热油，将它们浇了上去，焦香伴着滋滋的叫喊快速上升，击碎着厨房里带着灰霾的阴冷空气。

做完这些事情让我心满意足，等吃完晚餐之后，我就得认真对付那个女子，她理应被送上天堂！此刻，处理好一块肉类的感受提醒着我，在失去生命的躯壳和飞翔的灵魂之间，她什么都不是。无论我的感受多么强烈，她的诱惑力多么致命，这都将是一个可怕的陷阱，一个发生在现代都市和信息时代的《聊斋》故事极其荒唐，她的风情万种，只是让这种荒唐显得更加离奇而不可信。她应该是从纸面上直接剥落下来的，从房屋的缝隙中，从黑暗的夜色中，从熏香和音乐的飘缈无形中，完成了一系列的行为和对话，根本没有获得任何生命的实质，何况，她在彻底颠覆我的生活，因为有了她，我在这里每一秒钟都会心神不宁，想起昨天发生的事情，我已经堕入一场势必被诅咒千万次的炼狱，从而失去所有的朋友和生活。

等那只蒸鸡的皮肤慢慢转为黄色，且有脱落迹象的时候，我关掉了煤气，打开盖子，几乎是在白色的水汽升腾而起的瞬间，我听见背后有个人轻轻赞叹了一声："好香！"

我的背部一阵虚空，如同坐在一部突然失事的跑车之上，那种座椅带来的安全感，被瞬间抽离，整个头颅都在天空和大地之间翻滚。

她又来了，提前来了！妈的，能让我吃完晚饭不？

我升起一股刻骨的痛恨，她曾经给我的无限温柔，都成了一种只能在刀刃上解决的痛恨，当认清她的本质，且自身背负的现实麻烦越来越多之后，我对她的痛恨就与日俱增。

我若无其事地用毛巾贴着碗沿，端出那只滚烫的蒸鸡，她继续不识时务地凑了上来："哇，你都没有放豆豉、干椒，怎么这么香啊。"

我揶揄着说："你能闻到，是不是你也能吃？"

她望向我，此时天色还没有黑到尽头，楼下不停有车辆停下、人走动的声音，这使我获得了不少踏实，她的形象也显得更清晰，更实在。那套从来没有更换过的白色缎裙，和季节一点没有关系，一条淡黄色的肩带，若无其事滑落到了上臂，那脆弱的锁骨形成一个迷人的凹陷，她望着我，眼里呈现一种快乐闪烁的光芒，仿佛她已经回到了人间烟火之中，身处一个温暖的麦草之堆，她的嘴唇如野花盛放，眼眶里有明亮的溪流。

我真切地感受到了她的存在，她现在性感撩人，举手投足中都有无限的风情，没有任何的危险，对我全无任何防备。但瓷碗的滚烫温度提醒着我：这才是真实的，我战栗的胃部，还有来自生姜的干烈香味，菠菜上那道红腰带似的油辣椒，都是真实的，其他的一概不可信。如果我靠近她，甚至占有她，那所有鲜活的生活将不复存在，我肯定也将失去所有的血肉，如同从榨汁机里吐出的残渣。

这是深不可测的危险，在那条白色缎裙的深处，一定会是一根锐利的钢针，将我的腹部刺穿。

我端起那只蒸鸡，径直走向她，瓷碗几乎都在撞向她的面部——她微笑着让开了，然后我装作烫手的模样，横起了胳膊肘，想要撞她一下——试一下她是否像夜半的梦中那样实在，有一个轻巧而又绵软的肉体。她讪笑一声，右手赶紧拢向胸部："你干吗啊？"

"快让开，我得被烫死了。"

然后我继续回到厨房，去端那盘菠菜和盛饭。此时我只能继续做这些家务活，一边做一边思考：她今天来得太早了，其实我还没有做好准备，我都来不及饱餐一顿再和她战斗。我现在不是在准备吃晚饭，而是必须做点什么来赢得周旋的时间，至少不能让她怀疑我，现在的情况其实也不坏，我们彼此保持着一个安全的距离，做一些无关痛痒的事情，而不是在那样近的距离，那样激烈的对话之中，非得找点什么答案。

我飞快地收拾厨房，在水喉下慢慢清洁油腻的双手，我打上了洗手液，清洗一遍之后还是感觉到指节有点油腻腻的，又打上了肥皂，慢慢揉搓着双手。我不能再和她多说了，这个时候她完全想入非非，这是下手的最好时机，我可能不只是赶走她，而是杀死她！

这个念头也让我心里猛然一凛，她是可以被杀死的吗？刚才我在菜市场，看见小贩为我杀死了一只禽类，看见它温热的血，随着几片羽毛沾上肮脏的地面，眼睑在无力地合拢，承受这种从未体验过的死亡之痛。而现在，她那美丽的肩部，那圣洁地飘着几缕黑发的额头，还有永远在变幻光芒的眼神，都可以被杀死吗？

不，我也许做不到，想到这里，我犹豫起来。

看着我收拾好的餐桌和厨房，她反而活跃了起来："哎呀，可惜我不能吃东西，但看着你干活，也是挺享受的事情。"

什么？她不能吃？对了，如果她能和我一起吃饭，那么我们肯定做什么都可以了，事实本该如此。

"那你能不能闻到，或者尝尝味道呢？"

她爆发出快乐的笑声，眼神仍然离不开对那仅有的两道菜的审视："当然不能，刚才我不是在骗你，而是从外观上判断，你做的菜一定很香。"

我也重新打量了那两道菜："我看不出什么来，我也是靠嗅觉才知道。"

"傻瓜，我一直在厨房里看你做事啊！我看见你给那只鸡那么细心地抹调料，你是用蒸锅，而不是用高压锅，我就知道一定会很棒!”

什么？她一直在背后看我，而我什么都不知道，我还以为她至少要三四个小时之后才会来找我？突然，那把仇恨的刀刃又顽强地突破了出来，我活动着指节，意念都集中在第一关节之上，提醒自己，我是一个男人，我有力和强大。她依然是可怕的，她在背后一直死死窥探着我，这根本不是时机的问题，也许她每一分钟都在观察我，也许存在了一年之久，她思考我的时间，比我思考她的时间永远都要多，她的每个动作，每一个词语，都经过了精心的策划和挑选来对付我。

只是，我永远不知道她来自何方，她将对我怎样，也许她每秒钟可以恢复原形，彻底吓死我，这个念头真让我不寒而栗。

“你，你……你太可怕了，你就在我后面，你居然一直一声不吭。”

我的表情肯定已经没有前面那样自然，这也让她感到了一点内疚和不安：“啊，对不起啊，我不好意思打搅你，我是看你做得差不多了，才想来找你说话，你知道，我一直很闷的，你老不在家里。”

她的无辜完全没有任何伪装，现在厨房里的所有事情都做完了，按照正常的下一步，我应该好好吃饭，好好清洗餐具，再装模作样坐下来写作，继续和她没完没了地聊天……但我该怎么办？让她继续看着我吃吗？继续陪我一起度过惊悚而美丽的迷离之夜，再次在午夜陷入彻底的迷惘，自己去可怜她，同情她，甚至爱上她，自己骗自己这就是一个梦，就是一个出现在小说和电影里的故事，第二天继续工作，开会，可以完全当她没有发生？

我暂时只能先坐到餐桌边上，尝了一根鲜辣的菠菜，她看着我吃饭的模样让我浑身不自在，似乎道歉之后又开始嘲笑我。我慢慢咀嚼着，食物的芬芳促使我冷静了下来，它们和眼下这个虚幻的女子形成了极其鲜明的对照，这是完全本质的不同，截然对立的存在，我可以将食物收纳进我的肠胃，而我竟然无法撼动她分毫。

如果只是一个精神上的存在，那我就得用别的办法解决掉她，将她从纸上撕毁，将她在沙砾上打散，让她在海水中溶解，或者幻想一根魔力的法杖，将她彻底吸走。

我的腹部在有节奏地抽搐着，这是一种正常的生理反应，食物本身没有问题，但消化系统需要和恶劣的环境和恐惧的意念做斗争，它们拒绝听从大脑迷走神经的指挥，而需要一种更为理性的东西去控制。那个叫做丹田的地方，已经无法忍受任何食物味道的侵袭，它在积蓄着能量，越来越厚实，越来越凝重，它是来自体内最深处，来自最艰难的处境之下的内在力量，当我在长途徒步的时候，它曾经爆发出来，现在它提醒着我——这饭无论如何都吃不下去的，不解决好这种处境，无论我怎么在厨艺上精进都是徒劳，这个女子，这个美丽的魂灵根本不知道是死去的还是活着的。

这种内心的搏斗实在令人痛苦，甚至更甚于体力上搏斗的痛苦。

我坚决地放下了筷子，白昼所设想的手段，现在完全被那股丹田之气顶上了大脑，容不得我有任何犹豫不决。

我飞快地从厨房拿出两个碟子，盖上那两盘菜，然后走到卧室里，打开我的电脑包，那里面有一个小纸包和一个小瓶子。

她吃了一惊：“你怎么不吃饭了。”

我将那个纸包用左手拿好，将小瓶子放到了右侧的裤袋中，“唉，我居然忘记了，上次爬山沾了寒毒，今天开了几副中药，医生说，一定得在饭前一个小时吃。”

“那你的意思是现在去煎药，就不吃饭了？”

“是啊，我得先找个罐子出来。”

她听了有点紧张，马上站在厨房和餐厅之间的门口，把我拦住。

“你别。”

“为什么？”

“有的东西我闻不得气味。”

“你不是说你什么都闻不到吗？”

“但有的东西我还是可以闻到的，都是不好的东西。”

她肯定以为我将放下手上的东西，或者给她另外一个说法，去药店煎药，或者安心继续吃饭，但我的信心来了，她无意中透露出了软肋，她确实也有恐惧之处，和我本无不同。

那一刻我一定被这个发现振奋了，就是那很短的一瞬间，我肯定面目狰狞如鬼，带着置之死地而后生的杀气。

我用一种难以觉察的动作打开了那个纸包，那个纸包实际本来就是半开着的，我刻意让它保持这个模样，就是为了下手方便，我的右手以同样轻微而快速的动作，用聚拢的指尖捻起里面的粉末，将生石灰撒向她的面部。

一股刺鼻的味道弥漫在我们中间，我们距离得根本不远，那石灰肯定撒到了她的身上，倘若她还有肉体的话，倘若她还有触觉和嗅觉的话。瞬间，她的脸上也呈现出同样的狰狞，其实更多的是惊恐。“天啊，你在干什么？”她伸出左手去捂住眼睛，那手掌边露出的半个脸部在扭曲着，就像一块光洁的绸缎被突然撕裂，身体被一道突如其来的力量折弯了。

她的身体在摇晃着躲闪，我知道生石灰起了作用，隔着那么近的距离，她的每一分颤抖和痛苦都完全无损地传递给我，我明白这事不能停下，因为它已经开始了，只要一停下，她肯定会反扑、报复。我另外抓了把石灰撒向她，一股更刺鼻、更恶劣的味道让我自己也被呛到了，我大声咳嗽，脸上涨满了血液，她的身体拧来拧去，成为了一条在泥浆里摆动的鱼。我绝对不能停手，不能有任何的怜悯，我将为她打开一个缺口，她将从那里通向她该去的地方，那也许正是她所想要的，只是在没有到达那里之前，她不知道而已。

她挣扎着往后退，身体和裙子的每一寸都飘扬起来，我手上加快了节奏，她又不得不把手从脸上拿下来，抵抗越来越猛烈的粉尘，用撕裂的喉咙对我喊叫："停，快停下来。"

我根本没有这个意思，只是更猛烈地把粉末都撒向她，她美丽的头发、脸上，还有肩膀都沾上了那肮脏的东西，更多的粉尘，似乎都在穿过她本不存在的躯壳，像暴雨那样密集，飘进了厨房，这可怕的景象让我腿部发软，而更强大的意志支撑着我：决不可有半点的怜悯和软弱，否则我将死无葬身之地。

她带着绝望的哭泣，彻底退入到了厨房的里面，那所有我见过的眼神都已经消失了，成为了只有轮廓和没有任何水分的空洞，仅仅是几十秒之内，她就撕心裂肺地流尽了所有的泪水。她也许将彻底死去，那仅剩的线条和色彩，也将统统死去。我从未想过我会如此暴戾邪恶，那把内心的尖刀一定也分裂了我的面部——我看不见自己了，其实此刻我眼里只有她，那个在不停融化和分解的形状，那个没有生命没有血肉的形状，根本不配存在于这个世界，更不配游荡在我的房间。

她的头发在向后面飘去，那仅剩的裙裾，彻底无法裹拢在腿上了，轻得如同纸张一样，全部甩在了她的后方。生石灰撒得到处都是，玻璃上，门框上，我的肺部充满了呛人的东西，似乎瞬间膨大了很多倍，马上就要爆裂开来，努力的呼吸只会换来更刺痛的感觉。我追着她进入了厨房，那个装石灰的纸包已经完全散开了，我用五指将它努力拽紧，如同擎着装满雷电的石块。她已经无处可退了，反抗的力量越来越渺小，冲进厨房的时候我的头撞在了门上，我浑然不觉，只是继续死死地逼着她，保持充满攻击性的距离。

一种神秘的风，在厨房里鼓荡着，它不是吹响某个方向，而是一种乱流，如同飞机在云层里遇上的湍流，那个装在窗户上的直排风扇，开始慢慢旋转起来。

“天啊，你，你……”她还想说话，只是后面的咒骂或者哀求，已经消失在一种业已越来越强烈的风暴之中。

那种绝望让我的狰狞发生了某种坍塌，似乎知道那具美丽的躯壳，那个对我从无恶意的心灵，即将从这里永远消失。她将去哪里？也许真会有一道来自天堂圣洁的阶梯，将她缓缓迎接上去，或者是这一切从未真的存在过，明天北风呼啸，炉火亮起，灶膛飘香的时候，她从来也未来过，她从来也未存在过？

这一点点悲哀的念头让我手上的动作停留了片刻，她那快速缩小的形体看起来已经不会对我有任何威胁，每一秒钟都会有一个厘米在消失，石灰所形成的障碍也消失了一点。我看着她，想要确定这曾经和我拥抱过的美丽，究竟从何而来，究竟还原一种怎样的哀伤或者惊恐，如同猎人在盯着一只刚刚被射杀的梅花鹿。她蜷缩在那里，喉结发出浑浊的咕咕响声，动作越来越微弱。

然后，在那种越来越微弱的气息之中，她似乎找回了体内的一点平衡，我在想象，她即将起来，和我做最后的告别。

“你，你这个畜生——”她突然用尽最后的力量吼叫出来，尖利得刺破了我所有的怜悯，那把尖刀，真的凸显了出来，狠狠刺中了我的胸口。

然后她把双手全部从脸上拿了下来，手臂像突然长出了一倍，伸向我的喉咙。

指尖传来锐利的寒风几乎让我瞬间窒息，我本能地斜过身子，把左手的东西，那包装满雷电的石块，全力掷向她。

手臂不见了，她继续缩在橱柜的角落哀嚎着，翻滚着，石灰起的作用，就像将她投入沸水那样猛烈，我盯着这可怕的场面，身体被一股虚脱紧紧攫住，那种哀伤如此持久，总在我松懈的时候重新翻滚。

然后她平静下来，摊开了四肢，整个身体呈现出和石膏雕像一样的白色，一种完全死亡的白色，失去了所有的色彩和水分，只剩下轮廓的立体的白色，存在得全无意义。时间停止了，唯有我站立着的寂静，和她彻底倒下的寂静，还有那个丑陋油腻的风扇，在转动最后几圈。

她并没有完全消失，或者说在没有石灰继续撒向她的时候，她又停止了消失，在那风扇快停下的时候，她又要站起来了，右手扶着肮脏的地面，裙子上沾着恶心的污水，又要站起来了，那完全只有轮廓的嘴唇也开始颤动，一种神秘的色彩，悄悄地爬了上来，像床单上色彩斑斓的小虫。

我冷静地从右侧裤袋里掏出了那个小瓶子，拧开了盖子，将液体撒向她。

那里面是我在菜市场弄到的，某种小动物的血液。

随着殷红的雨点，那块石膏出现了很多裂纹，它们不停延伸、飞奔，而绝不彼此交叉，最后将它碎裂成无数的小片，如同大雨在洗涮充满瓦砾的战场，如同黄昏降临烈日过后的浩劫，它碎裂为越来越小的碎片，直到无法辨认，直到成为沙砾，再彻底分解为尘土。

那个腻着油污的可恶风扇，又在不安地旋转起来，还伴随着巨大的抖动。

风声从厨房通向外部，那是异常沉重而猛烈的风，已经获得了被另一种形体灌满的重量，风扇越转越快，就像盾构机在搅拌着上千吨泥水和土壤混合着的黑暗。

风扇撕碎了所有坚固的空气和气味，它带着轰响最后狂热地旋转了几十圈，又停下岿然不动。

我的厨房撒满了鲜血和生石灰，杯子上，碗碟上，灶台上，金属的水盆上，绿色的橱柜上，血点随处绽放着，不管那个背景是绿色还是灰色，是光滑还是脏污，随处生长着，如同被燃烧殆尽的荒野，又获得了一种诡异的生机。它们对于厨房来说，就像野花对于废墟。

我扶着厨房门缓缓坐到了地上，我想象，此刻我坐在夏日的池塘边，美丽的鹅掌菌在悄然生长。

第二天，当太阳照常升起的时候，我犹如走出了一部无比漫长的哀伤电影，我曾经活在里面浑然不知，她的美丽也从来无人知晓，除了我，这世上的一个秘密永远被封存了起来。她似乎永远消失了，如海水消失于沙砾，露水消失于阳光。而我的生活，势必要继续下去。在亲手结束这个美丽又危险的幻梦之后，我惴惴不安地过了几天，每个夜晚都需要重新确认这是否真的已经结束，厨房洁净如新，音乐永不间断，一切都像什么都没有发生过一样。

李小芹的妈妈后来又给我打过一个电话，说她去派出所报了女儿失踪，派出所的警察并不接受她的报案，说只要有短信过来，那就证明她并没有失踪，李小芹几乎每隔十天才会给她发个短信，内容全是相同的：我很好，请放心。手机号码依然不会固定，好在总是在两个地方，要么桂海，要么北京。知道这件事情之后，我反而轻松了起来，至少她交给我的任务不是那么迫切了。李小芹也许正安稳地活在某个地方。我继续着我在“云飨衣裳花飨容”里的漫游，兴致越来越浓厚，这里面有两个目的，第一，我是个天生的厨艺爱好者，那个神秘的厨师勾起了我巨大的好奇心，仅从图片，我也能认定他是我见过的众山之山。第二个是我有可能从里面发现李小芹的踪迹，群成员鲍尔丁或许和她有密切的关系，他们还对话，那两个问号虽然没有下文，但可以肯定，李小芹是最早加入这个 QQ 群的人之一，她和鲍尔丁很熟悉。当然，如果没有第一个原因，那么我追寻李小芹的事情很有可能就不在这了，我大可以马上结束，或者换个地方尽点义务，我来这里和其他人没有两样：厨艺，神往，或者好奇。

这是一个只有两百人的 QQ 群，我很快搞清了它的价值所在，实际上它已经很有名气了，我搜到了不少帖子，里面充满了它的故事，亲历者无一例外地赞赏着那个神奇的餐厅和它的主人，他会邀请群成员在他的私人厨房里免费就餐，每次只邀请一个，且对赴宴者有严格的要求，他会给她们发来私信，且同时要求用摄像头拍照，以防有人冒名顶替，第二是需要核实身份，主要是职业，他决不允许各种穿着马甲的大侠存在，而是要求网络上的身份和本人基本一致，能够提供点证件或者材料都可以。那些亲历者似乎使尽了所有的词汇，都不能描述那个晚餐的美味的十分之一，他们无一例外地提到了一种奇特的鲜味，那种鲜味是杀手锏，几乎适应了每一种食材，肉类、禽类、水产、蔬菜，我猜不到到底是哪种高汤或者提鲜剂，总之它能够将所有食材本身的质地发挥得淋漓尽致。鲜，是一种英文里根本没有对应词语的形容词，fresh 只用来形容食物的新鲜程度，另一个词则可以用来形容所有好吃的滋味，它只存在于中国餐饮的独特品味，感受如同味觉里的诗句，对应的是明朗的大自然和食品的精气神，我隐约猜到，那种神奇的感受应该来自于它对食材的催化作用，让它们依旧身处薄雾、露水、溪流和田野之中，它是巧妙地提升了它们，而不是去破坏它们，让它们本有的味道，变得更加自然可口。

这个了不起的厨师就是群主本人，群主就是鲍尔丁。

我只在一张菜肴图片上找到了他的一张漫画头像。漫画是一种不可逆向操作的艺术。如果是一个你见过的人，将他画成漫画图像还是很容易辨认出来的。但没有见过的人，想要从他的漫画头像还原出他的本来相貌，确实异常艰难。我以李小芹的名义隐身登录，连续数天都在观察这场网络的饕餮盛宴。“云飨衣裳花飨容”只能容纳两百人，但有成千上万人听说过它的故事，这个伟大的城市从来不乏讲故事的高手，故事从越隐蔽的角落传出，就越能吸引人。群成员里大概有百分之八十是年轻女性，主要是职业女性，她们是生活积极的享受者，会不遗余力地传播这个故事，而那寥寥无几的男士，都貌似金融、工商等职业精英，其实他们是最没有时间上网聊天的人群，但鲍尔丁似乎有一种魔力，还是能吸引他们来到这里，他们可能是受了那些狂热女性的蛊惑，然后彻底爱上了鲍尔丁。

鲍尔丁对每一个赴宴者都免费，之后他们讲不讲这个故事他也不强求，但他的传说确实在短时间内席卷了这个伟大的城市，慷慨、高端、神秘，在那么多美食传说中他终于站上了顶峰，这将他的故事推向了云端，可能这正是他将这个私人厨房开在写字楼高层的用意。那些狂热的崇拜者在他的注视下凝聚成一股巨大的力量，似乎可以将他推向任何他想去的地方。按照通常的逻辑，我是绝不相信这个神话可以单独存在的，他不可能以这样的方式单纯去交友、享受，几乎每个赴宴者都会提到享用了昂贵的菜肴，南非鲍鱼、黄唇鱼之类，他为此在付出巨大的成本。很有可能，“云飨衣裳花飨容”其实是被另一种更神秘的力量所主导着，它应该是某个链条中的一环，只是现在根本无法看清整个链条的结构，按照通常的商业思维——如果这个事情真的是商业行为的话，他绝不会让“云飨衣裳花飨容”长时间停留在目前的阶段，只博取一些名声。他在接近另一个目标，冷静地注视着围绕他的一切动静，是那些拥趸浑然不知而已，以为这场盛宴可以永远流动下去。

这是我的一些猜想，但绝不是全无来由。

我和同事聊起这个话题,令我吃惊的是王宏和苏雪梅都知道了,媒体人比常人会更敏感一些。我想让苏雪梅帮我个忙,其实让王宏去做他有可能更积极一些,这个傻小子无论我吩咐多么不靠谱的任务,都会不遗余力地去完成。但选择苏雪梅显然更为合理,她是女性,交际甚广,她更有可能帮我找到一个真正的赴宴者,我需要一切更真切的说法,才能接近鲍尔丁的秘密。

她说:“想不到童老师有这么大的兴趣啊。你是不是已经进了那个 QQ 群。”

我只好暂时先撒一个谎:“还没有呢。”

“上次我就知道你是厨艺高手,我觉得你确实该去品尝一下。”

我说,我是想进入,看看到底有没有那样神奇,我已经了解到鲍尔丁根本不屑于在传统媒体上传播,从来严防任何记者进入他的餐厅,他只信任网络,那种交往才是和他的做事风格相匹配的,他任由关于他的各种信息泛滥,不管怎么说都可以,那些芸芸众生是他明处的推手,可能还有更强大的暗处推手,所以,我得想个办法先进入那个群。

果不其然,她拐弯抹角找到了一个女孩,那个女孩也在媒体工作,但不是做记者的,而是市场推广。

现在,这个叫做黄子琦的女孩就在金融街的办公室里接待我,和我聊天的时候她总是漫不经心地掏出彩妆盒,不停在脸上描抹着,眼神都很少望向我。她是一个真正的媒体丽人,开朗、自信,这种女孩如果不能嫁入豪门,她们宁可轻松享受职业所带来的任何便利,到处都是免费的门票和殷勤的男人,还有无数奢侈的活动,不会将自己一辈子轻易交付给一个普通人。

“你根本进不去那里的，前台都要核实身份，如果没有预约，你根本见不到鲍尔丁。”

我被她呛了一下，然后问了一个愚蠢的问题：“他长什么样？”问完的同时我几乎就后悔了，这是个儿童般的幼稚问题。

她却不以为意：“怎么说呢？就是长得和个餐厅经理一样，他很整洁，有点胖，对了，他皮肤很白的。”

这个问题再也接不下去了，我只能继续着我愚笨的提问：“那味道到底如何？”

“你不是都在网上看见了吗？我不是记者，我的文字能力没有你强，那种味道确实很难用语言说尽，在你面前，我根本无法描述。”

这真是个令人头疼的家伙，我们无法进入滔滔不绝的沟通地步，只能一问一答，这是我最讨厌的气氛。

“那就说下吃完后的感觉到底如何？”

“感觉？”她想了想，然后拿出一把小锉刀来，精心地修剪蓝色指甲的边缘，“嗯，嗯，就是胃里很舒服，全身都很舒服的那种，他能用味觉去温暖你、亲近你，就像空调那样。”

“什么，空调？”

她竖起手指，对我突然的惊讶有点不满，示意安静一点：“你先走吧，等下我会发短信告诉你。”

等我走到金融街地铁口的时候，她的短信过来了：“请我去苏丝黄，什么都告诉你。”

我和她在苏丝黄三楼的露台坐着，这是东三环外的一个酒吧，在酒精所带来的热量和外面冷风的相互作用下，这个夜晚显得并不赖，往西望去，是巨大的霓虹和一片涉外公寓的高楼，东三环巨大车流的呼啸声不停传来。往东则是空旷的朝阳公园，高耸的一排排白杨树守卫着这个夜晚。

她下手并不算太狠，只是让我买了一瓶八百块的智利产梅洛葡萄酒，这几乎是我能承受的极限，这种酒有着强烈的熟奶酪和烂红李混合的烟草气息，总算让这个夜晚显得物有所值。我们看着川流不息的红男绿女，不断受到各种香水和雪茄味道的袭扰，她显然很适应这里的环境，还有两个熟人和她打了招呼。我们一直在闲聊圈子里的故事和笑话，没有提鲍尔丁的事情，等到外面越来越冷的时候，我们又不得不转移到了室内，那里的迷离之夜已经进入了一个新的高潮，颓废又绚烂的音乐很有品质，人群的谈笑和舞蹈进入了越来越大声、越来越激烈的高潮。我们势不可免地被挤到了一起，酒精在燃烧着我们的面颊，我搂着她的腰部，顺着音乐摆动了几分钟，然后我将一只手搭在了她后颈："告诉我。鲍尔丁是一个什么样的人。"

"他啊，他是一个比你更可爱的人。"

"我不是问这个，我问的是滋味。"

"你是问他的滋味吗？嘻嘻，他彻底征服了我，我感觉浑身发烫，他用味觉整个把我俘虏了，好舍不得他。"她一边也用手搂上了我的脖子，比我刚才搂她更紧。"

"该不是菜肴里有什么毒品、什么药物之类吧？"

"去，我才不会那么傻呢，连这个都感觉不出。说真的，他很强……"

"那我有没有机会试一次呢？"

"你当然有啦，我会让他加你入群。"

这时候，一个男子恰到好处地出现了，显然他和黄子琦很熟稔。他端着一杯威士忌，几乎是挨着我们向她执意，她搂住我的手马上松开了。这是远远比我精致而自信的男子，他那浸淫已久的成熟笑容，无论如何是我伪装不来的，我也适时地向黄子琦告别了。

我想，我已经得到了想要的东西。

第二天，鲍尔丁果真通过了我的入群申请，这个群里的规则是，如果没有人退群，你就得不到加入的机会。那些赴宴者中，有一部分是鲍尔丁不想继续交往的，他会劝说他们退群，如果不退，那就只能等待被踢出去，还有的人待在群里，经历无望的等待之后，会主动退群，他再从那无尽的入群申请中重新选择。显然，黄子琦和他的关系非同小可，我老老实实填上我的身份——媒体从业人员，籍贯——湖南，居住地——北京，竟然他也通过了，并没有在意我在媒体工作这回事。

我终于可以不再以李小芹的身份隐身登录了，我和那些女孩聊天，展示我对美食的见解，我推荐我家乡大湖里美味的野生鱼，还有即使吃了也不敢宣扬的越冬候鸟。但有时候我也偶尔用李小芹的身份登录片刻，又马上下线，主要是看有没有给她的对话。这其实是一个非常危险的行为，如果她这段时间也登录了 QQ，肯定马上会发现密码被盗，但这事一直没有发生，也许她根本人间蒸发了，要么再未登过 QQ，要么她那永远不会精明的大脑，从来没有在乎过这回事。总之，她母亲教给我的任务好像已经不复存在，我尽情投入一场虚拟的网络盛宴，我在释放前一阵子涌现出的愿望——那就是通过一个爱好去改变自己，那个神秘的女人和李小芹的事情曾经终止了它，现在，我回来了。

我重新变得开朗又充满活力，无处不充满强大的力量感。我一个劲地邀请朋友们来吃饭，杜路、戴逸、王宏、苏雪梅，当然还有吕晓薇，到了后面，他们带来朋友，朋友的朋友，同事的朋友，我私人厨房的影响力不可遏制地泛滥起来，夜晚变得灯火通明，朋友川流不息，他们的赞赏让我找到久违的尊严和自信，对于厨艺的兴致也越发浓厚。至于QQ群里的交流，我是从来不会去群友们推荐的昂贵餐厅，长期逛菜市场让我形成了一个牢固的成本概念：如果是自己动手做饭，同样菜肴的成本大概是高档餐厅的百分之七左右，是中档餐厅的百分之十五左右，所以做餐饮真的是一个好买卖，这个行业也最容易诞生财富和传奇，即使那些每平方米租金两万的店铺，经营者也有办法让他们在食客的心中获得不朽。

杜路在下厨这个事情上帮了我很大的忙。他现在混得不错，慢慢帮我承担了很大部分的采购成本，几乎从来不错过我任何一次手艺，只要有酒有菜，他就会很高兴。偶尔，他会把我遇鬼的事情拿出来开玩笑，但绝不会提李小芹的事情，即使我们两个单独相处的时候也不会说。吕晓薇同样也加入到我的生活中来，她总是提前翘班，帮我准备，越来越像我房间的女主人，这个女孩就像我之前判断的一模一样了，勤奋、坚韧、待人很宽容，我们的关系也日渐明朗，杜路甚至预言我肯定会和她结婚。

我的厨艺在日益精进，偶尔我会在QQ群里晒出我的杰作，总能引起一片惊叹，这里有太多见多识广的食客，而缺乏真正的厨师——其实我并不是很高明，只是偶尔接近了餐厅的水准，就能让她们很吃惊，我得存钱买房子了，绝不会像她们那样为了美食去扫街。我买来了一大堆美食书籍，只是为了从菜谱中获得灵感和指点，却从不在上面照本宣科。对于那些刻板的流程，我总有自己的独到见解，腌制、勾芡、高汤、过水，这些我都有自己的方法。那些流程严格要求的分量更是显得荒诞不稽，我很认同一本书里写的话：真正的高手从来只允许一道菜肴撒一次盐，决不允许撒第二次，这需要天分和直觉，但高手一定能做到，而且必须做到，绝对不能让食客反复去试验厨师的口水菜。但刀工是我的弱项，每次做好的菜肴都需要经过吕晓薇的摆弄，才能有点看相。我去沃尔玛、宜家和潘家园淘来很多廉价而不失美观的餐具，好歹弥补了我的弱点。

在经过几十天的亢奋之后，我的厨艺终于上升到一个更好的境界，我踌躇满志，简直有点不可一世，竟然建立了 QQ 相册，在里面晒我的菜肴，为了让它们看起来更像回事，我用了美图软件修饰。为了证明它们全部都是我创作的，我选用的背景是同一块桌布，白点蓝色的那种。我的相册在“云飧衣裳花飧容”引起了轰动，可能我做得有点过火了，好像就是在模仿鲍尔丁以前走过的道路，我的行为绝不是他建立这个 QQ 群的目的之一。主动找我聊天的人越来越多。但鲍尔丁始终没有邀请过我，我日渐增长的嚣张很有可能让我和他永远绝缘，开始我还在 QQ 群里试图讨好他，但和其他人一样得不到任何回应，只能当他是一尊神像，在神像之下，我尽情做我想做的。

有一天，有两个女孩要求来我家吃晚餐，我热血上头，竟然就在群里答应了这件事——也许就在那个时候，鲍尔丁正冷冷地盯着我的脊背，如同有人抢走了他的顾客。其实，约网友这件事情已经不像我这状态所能做出来的，我还是给吕晓薇打了个电话，她有点闷闷不乐，但也没法指责我："既然你答应了人家，那就好好发挥吧。但我今天不会回来吃饭的，让你方便一下。"我拿定了主意，大不了过后向她道歉，然后我又给杜路打了电话，说有美女过来吃饭，我这顿晚餐的预算是一百五十块钱，他得去帮我买两条野生鳜鱼，每条需要七两左右。

午后一过，我就急匆匆地设法翘班，我有点下班下得太早了——买完菜之后，我发现时间还很充裕，且我走得太匆忙，根本没有认真吃午餐。于是，我提着几个塑料袋走到一家肯德基餐厅坐下，点了一杯热橙汁和一份大份的鸡米花。这种油腻但不失辛辣可口的食物一直被营养学家和美食家所诟病，但其实它并没有那么坏，在你需要的时候，它简直就是最合理的食物，高能热量迅速地横扫饥饿，设计的口味只是为了让你迅速地吃下它。它绝不是充分用来调动你味觉和审美的食物，只是用来支撑你的生命和其他目标的东西。

现在是一个晴朗的冬天，餐厅里坐了一些提前下课的孩子，纷纷选择了靠窗的座位写作业，一对少年男女穿着校服，在我旁边坐着，每次两人同时低下头去写作业，都不会超过一分钟，然后又抬起头来对望，互相捏一下脸颊，然后又掏出手机来玩。我有点后悔没有从办公室里带本书出来看，在这里坐一个小时再回家也来得及。很想看那本非常有嚼劲的艺术散文集《约定》，我上午几乎是本能地记住了里面的一句话："因此电影没有居所。它总是来了又去。在一个供人阅读的故事里，悬念仅仅意味着等待。而在电影里，悬念还牵涉着转移。"这句话足足让我发呆了有十分钟之久，如同现在我在这里的等待，落地窗外出现了几只零星的麻雀，下午四点就会开始的晚高峰还没有到来，这是它们唯一可以安心在人行道上觅食的时刻，因此它们永远也成不了候鸟，且有无法驯养成家禽的天性，因此它们只能停留在这里，永远无处可去。

我故意放慢了把鸡米花塞进嘴里的节奏，仔细观察着那几只麻雀。所有的鸟类都有类似的头部，但喙部和眼睑却千差万别，麻雀在这里面反而是美丽的，不像有的鸟类那样长了一双邪恶的眼睛。

等我低下头去把最后几粒鸡米花倒进手中的时候，对面也坐了一名女子，我抬起头：她还是穿着那条白色的缎裙，干净又清新，但那种单薄程度在这里显得异常诡异。

我浑身颤抖，几乎马上就要大叫出来，她对着我举起了食指，我冲到嗓子眼的喊声又被马上压了回去——那对小情侣还是若无其事地在调情，根本没有意识到这里发生了什么。

她把头往上仰了仰，似乎要努力吸收更多的阳光："哇，今天天气真好！"

那种表情似乎昨天我们才刚刚恩爱过，似乎我们约定在这里碰面已经成为生活的一个习惯。

我嗫嚅着："是的，这没错，一点没错……"

她提醒我："你自然一点，我们好久没有说过话了。"

然后她把手撑在桌子上，把头放在了手上，用那种神秘又明亮的目光继续打量我："你知道，上次你差点呛死我了。"

我叹了口气："因为你干扰到我了，我不得不如此。"

她继续着抱怨，好像那次并不是要她小命的可怕灾难："我知道你有点不喜欢我了，所以我出来了，但我发现自己根本无处可去。”

“所以你就溜到外面来了，是吗？”

“我还能去哪儿？我早和你说过，如果我不知道自己是谁，我就根本不知道去哪里。”她有点无奈地拨弄自己的指甲，我发现，那里涂成了血色玫瑰，还用荧光粉画上了钻石，但这句话还是让我不寒而栗。我急不可待地提高了嗓门：“你就是鬼，你去你该去的地方吧！”

这一声明显音量过高，旁边的那对小情侣吃惊地望着我，然后，他们的神色也露出一丝惊恐，交头接耳了几句，再次望向我。我脸上发烫，开始用力呼吸。

“你别那样大声说话，他们是看不见我的，只会看见你。”

是的，即使是凭她那条露肩露背的裙子，餐厅里所有人都应该看见她。

我不再盯着看，那里本应空无一物，我把最后几粒鸡米花倒进嘴里。

她说：“走吧，我没法和你在这里说下去。”

我们走了，我并没有忘记脚下的几个塑料袋。

在跨越东三环的天桥上，风还是在猛烈地刮着，好像和天上白森森的太阳没有一点联系，大家各行其是。那些可怜的小贩，纷纷抓住阳光带来的温暖吆喝，一边不停用手捂住要被风吹走的塑料袋、丝巾之类。一块用铁丝绑着的广告牌，被风刮得有节奏地撞击护栏，发出单调的哐哐之声。

我对她没好气地说：“我现在过得很好，你真的不要再来打搅我。”

这并不能影响她享受大风和阳光的愉快心情，她说：“我从来就没有打搅你好不？我尽量不影响你做任何事情，只是你自己没有意识到这点。”

我们边说话边下了桥，跨过一条三环的辅路，那里也是公交车道，我们穿过那里的时候，刚好有个失魂落魄的中年女子对我们走过来，衣着破旧，如同很多在这里走投无路的外地人一样。她明显疯了，嘴里似乎在念什么咒语，一边加快了脚步。

我们回过头去看，一辆庞大的300路红色公交，正怒吼着冲了过来，那个中年女子几乎瞬间就被推倒在车头下，轮子碾过她的身体，她的身体像气球一样爆裂开来，公交车只有一秒就离开了她，似乎有一种粉色的尘埃升腾在重新空旷的马路……我啊地大叫起来，她拉过我的手，使劲拽我，说：“别看，别看。”

我只好把头转回来，这时候，我又看见了那个中年女子，同样是疯疯癫癫、失魂落魄地和我们擦肩而过，我呆若木鸡，根本不敢相信眼前发生的事情。

她解释道：“她是鬼魂而已。”

“她为什么要这样做？”

“发生了突如其来意外的人就会变成这样子的，如果没有人帮助他们把灵魂送到别的地方，他们就会一直停留在出事的地方，重复之前发生的事情，因为以后的事情他们都不会知道，所以就一直重复着他们出事的场面，一边苦苦思索，一边重复地研究。”

我长叹了一口气：“你是不是和他们一样的？”

她很镇定地说：“应该是不一样的，我至少要比他们好点，但也不会好到哪里去。我自己也不太明白。”

“那我给你提个建议——你就回到你出事的地方去吧，如果你无法弄清楚，我可以帮助你，我甚至可以报警来解决这件事。”

“谢谢你的好意，我其实一直想不清是在哪里，只知道我就是得生活在这一带，远点的地方我也去不了。”

她有点落寞了，风吹动她的长发，有时候它会被拖曳得笔直，很多急匆匆的人简直就是在径直撞向她，从她的身体里穿过，她却像什么事情都没有发生一样。

风越来越大，我似乎已经无法和她并肩走到一起，晚高峰来临了，马路上的行人越来越密集，所有人都带着强烈的欲望归家，或者是赴宴，那些行人可能会撞到我，我只能不停地闪避，但绝不可能撞到她，随着一大群喧闹的小学生队伍冲进了我们中间，她终于消失不见了，也许是刻意的，如果她想让我看见，我一定还能够看见。

我心不在焉地做完了那顿晚餐，并没有发挥出正常的水平。尽管如此，那两个女孩对我的一道菜还是赞不绝口。那道菜我暂且将它称之为“暴雪鳜鱼”，那是前年回老家吃饭的时候学来的，实际上就是在清蒸鳜鱼上，敷厚厚一层肥多瘦少的肉泥，鱼和肉搭配是餐厅里的大忌，用在这里却恰到好处。我是买了市场里最贵的猪肉来做肉泥，据说是一个北大毕业生的产业，然后这种猪肉还是达不到我以前吃到的效果，那是田野里真正的放牧猪。对于所有的厨师而言，他们永恒的苦恼都是永远找不到最好的原料，即使次等的也能糊弄顾客，他们仍然会耿耿于怀。同样，那两条鳜鱼也不是野生的，油脂有点多了，照我的胃口，搭上那次等的，四十多块一斤的猪肉仍然败象十足，她们却饶有兴致地将它吃了个一干二净，杜路临走前留下了那两个女孩的电话。

这道暴雪鳜鱼的扮相还是可取的，我心里面给它取的真正的名字叫做“云里青霞渺桂旗”，这句词少有人知道，但充满了动感和富有层次的视觉感，且有家乡在雨雾季节的景象。

接下来的日子，她连续十几天都没有来打搅我，我把工作和厨艺兼顾得很合理。那两个女孩将这次家庭晚餐写了下来，对我评价甚高，QQ 群里要求去我家吃饭的人越来越多，这是我担当不起的事情，因为我才是真正的凭兴致，完全没有野心投入到这个事业中来，我至少在那两百人中有了小小的名声。

另外一件大事是鲍尔丁终于开餐厅了，名字就叫做“花飨容”，这个餐厅继续了他的一贯作风，没有开在底商，而是更廉价的四楼或者五楼，保持了从网络继承而来的隐秘性，而且尽量使用网络运营。首先想吃饭必须得先预约，完成网上预约后必须得网上付款，然后才能取得就餐凭证。其次是那个餐厅不允许点菜，每人付三百块，且没有午餐供应，每桌最多允许两人，服务生端上来的是什么就吃什么，但菜品尽管放心，不乏鱼翅之类珍贵的食材，运气更好的人可能吃到更珍贵的海产品。凭借在网络上积累的巨大人气，这个餐厅理所当然地火了，它只能容纳一百个人的面积远远不能满足食客们的需求，每张桌面一晚上只接待一次顾客，绝不翻台，预约成功就像中彩那样难得。大家都在夸奖这里的神奇滋味，再开上几家似乎也势在必行，但也有人说那里比鲍尔丁自己的私家厨房还是略有差距，只有在那里，才能保证吃到真正的意境。

因为开了餐厅，在群里接到鲍尔丁邀约的人越来越少，我就当从来没有发生过任何事情，反正我不会掏三百块钱去他那里，也不会真的指望他给我什么机会，总之我已经陶醉在自己的厨房里流连忘返。吕晓薇彻底融入了我的生活，但我们并没有同居，我们谨慎又规矩地一点点推进着关系，对于一个真正理想的生活伴侣而言，上床反而成了一件最不必着急的事情，如果时间允许，也许一辈子我会和她做爱一万次，直到彼此化为尘土。

第七章

鲍尔丁的邀约在最不可能到来的时候到来了，那时候我已经能熟练操作上百种菜肴，每周接待一名群友，这已经是我能承受的极限，大家都赞赏我以后能够达到和鲍尔丁一样的水平，或者干脆自建一个群得了。口碑就是个神奇的东西，一件好事哪怕只发生过一次，也能在众人的心中重复千万次。现在，至少我比鲍尔丁接待网友的频率更高，我那粗鄙的老式房间并没有影响他们的胃口，他们反而更加钦佩于在这种环境下成长起来的崇高美食情怀，脏污且混乱的小区，使得我的故事也沾上了传奇的色彩。

他依然用的是之前我听说过数百次的苛刻邀请方式，先是要求我打开摄像头，他那边却没有开，只有一片黑乎乎的背景，然后他要求我展示一点资料，我随手拿起一本杂志，那上面的目录页，副总编一栏上写着我的名字，那本杂志既不是财经类，也不是社会类，更不是美食类的，对于我的身份他完全可以放心。时间定在晚上八点，这一点他考虑得很周到，照顾到了大多数通勤族的需求。

这突如其来的邀请让我夜难成寐，和吕晓薇吻别之后，我开始快速浏览我的美食书籍，看了一阵之后又觉得这荒唐可笑，好像我真的得和他来一场高端的美食对话似的，那些并非出自我本能的见解和灵感，很有可能在他那里就是一个一捅就破的笑话，我茫然放下了那本书籍，尤其是一个老头子写的更让我感觉幼稚，一种极其恶俗不思进取的讨好而油腻的面孔，总能在他的每一个字句里出现，他应该还算一个真正的美食家，但他根本舍不得把真正的食道传递给我们，否则他就没法混下去了。在这一点上，鲍尔丁远超他的境界。

厨房里的每一寸台面，每一个餐具，都被吕晓薇收拾得光滑如镜，那堆扭曲的下水管还是裸露在橱柜的侧面，通往墙壁的更深处，更黑暗处，下面的瓷砖有的还是崭新的，有的却像被煤气瓶之类的砸碎了。冬季已经彻底降临，暖气总是能迅速吸干房间里的所有水分，那扇总是抽筋似的排风扇，总在不经意间把其他地方的油烟味带进来，我找了块硬纸板，彻底卡死了它，心里暗暗地预料到，来自鲍尔丁的邀约，会将我的某个隐秘的念头彻底结束。也许在将来的生活中，他的出现会成为我的一个转折点，就像蝴蝶效应那样，他的某一个启发也许将引起我生活的巨大改变，以前这样的事情发生过，将来也不会结束。

我扫视房间，实在没有什么可以再收拾的了，吕晓薇越来越细致地对待我家里的一切，比起李小芹时代的凌乱来说完全是两种感觉。李小芹，这个曾让我无法安宁的女人，此时越发像一个漂浮在半空不可见的标点，她永远不可能落下，只会越来越细小地消失在无垠的虚空中。

我打开阳台上的窗户，从上方的晒衣杆中取出明天要穿的衣服，它们现在都干硬得像从盐池里刨出来的那样。然后，我坐在床上，点燃了一支香烟，过度干燥的烟雾使得口腔发出麻痛之感，然后整个大脑也随着陷入混沌境地，我只能又掐灭烟头，掀开被子躺在床上，进入临睡前的意识模糊。李小芹，鲍尔丁，厨房，那些折腾得让我满背汗水的鱼类、肋排、块茎、酱料，全部都胡乱地搅拌在一起，理不出个头绪了，唯有身体的本能，在茁壮地成长起来，被窝里空空如也，唯有抱紧了事，枕头的缝隙间，或许留有她一年前留下的气味。一股温暖的力量将我拖入深处，似乎即将处于大海的底部，我本能地挣扎，企图按掉台灯的开关。

身体却有些吃力，我的左手似乎要碰到那个开关很艰难，身体沉重得不同寻常，借着昏黄的灯光，我努力揉揉眼睛，却发现她已经坐在了我的床沿，身体紧紧压在了被子上。

我知道那个梦境又回来了，此刻她楚楚动人，伸手可及，眼睛里映着淡黄色的火光，她离我如此之近，我们仅隔了几层织物的距离，如同夜晚将她奉献于我。

“对不起啊，我迷路了，我只能先回这里。”她选择了这个我最无力的时刻，肯定是知道我不会像上次那样粗暴。前一次的遭遇，已经让我确定了她一定有个悲惨不堪的遭遇，我不再有将她视为异类的残忍。

“你在这里吧，没有关系，我已经习惯了。”她听完这句话，好像有的事情已经释然，不管她在哪里，她都是一个需要保护和同情的心灵而已，白昼的所见有点过于残酷，她说：“谢谢，谢谢，你不知道，我是多么舍不得你……”然后，她的身体失去了最后的犹豫，缓缓向我倒下。她靠近我的耳边，低声地呢喃着：“你救不回我的身体了，但你救回了我的心。”

这句话彻底震颤了我，那种已经松弛的固执，现在都像风化的雕像般纷纷倒塌，我伸出手来环绕着她的背部，那里有着和我双手同样的恰到好处的温度，她更深、更用力地向我塌陷下来，用嘴唇和脸颊，埋向我肩胛和颈部之间，然后缓缓向上移动。

我闭上眼睛，忽明忽暗的黑暗次第传来，温润的水分遍布在眼眶，我终于沉入大海的底部，当和她接触的那一刹那，这个梦境再度变得栩栩如生。

所有的风暴，都在遥不可及的高处，我们失去了重量，在妖娆的海藻舞蹈之间，在长满植被的珊瑚和礁石之间，我们的肌肉、骨骼、毛发都在彼此碰撞、黏合。透过那光滑的缎裙，我感觉到她肌肤的温润，柔和的线条让我逐渐陷入梦境的最深处。

她像一条长了华丽侧线的鱼，在不停息的翻滚、游动中挣扎，然后分裂成更多的、更光滑的小鱼，直到它们构成一个巨大的不停游动的鱼群，在我的四处摩挲、轻触。然后有更强烈的光透进了海水，这光线使得鱼群重新吸引在一起，再次成为一条滑溜、充满力量的大鱼。

她喘着气：“我一直在梦想着你，我一直在梦想着这张床。”

是的，我那个隐秘的欲望何尝不是如此，就在今夜，就在这个再也无法去反抗什么的梦境里，我睁开眼睛，一阵又一阵滚滚的热浪无尽地袭来，这没有责任的快乐，这没有根源的森林秘境，已经在过去的日子里悄然生长了多久。她的脸贴在我的胸口，已经成为在万吨海水重压之下，彻底失去了骨骼的软体动物，她开始低声地抽泣着，畅快又哀伤，似乎此地就是这世界唯一安全的地方，我变得异常地清醒：你得到了多久？那礁石之上生长的苔藓，存在了多久？

她发出这个梦境最后的低语：别离开我，别离开我……然后，我彻底陷入没有记忆也没有明天的睡眠，她再次蜷缩进我的怀抱，如同寄居蟹进入一个仍有着旺盛生命的海螺。

我是被阳台上一阵奇怪的扑通声惊醒的，她早已消失不见，我不能确认她是否真的来过，已经是早晨七点了，摸了摸疼痛僵硬的额头之后，我确定今天我将有一大堆事情需要做，我得写几天评论稿，然后还有王宏那令人头疼的长篇人物叙事需要修改，然后还有晚上的事情。

现在，阳台上的奇怪扑通声犹如近在耳边，那个声响不停地在移动，似乎有什么小动物在挣扎，总不是在一个地方做努力。我爬了起来，仅穿着内衣打开了阳台门——那是一只麻雀，天啊，我昨晚收完衣服忘记关窗户了，它以为这里可以取暖，现在它身上沾满了灰尘，在一堆旧编织袋、水桶、拖布和旅行箱之间奋力挣扎，翅膀无力地扑动着。我在一处有点漏水的排水管角落里握住了它，它的翅膀沾上了一些污水，当我抓住它那瑟缩的温暖的羽毛之后，感觉到一个极为细小又顽强的心脏，发出持续强烈的跳动。它在我的手心里，眼神露出更为惊惧的惶恐。

我把手伸向那个没有关拢的窗户，犹豫了一阵，然后松开了手。

它下坠了两米，期间一直在奋力扇动翅膀，身体的重量却在拉着它持续下沉，似乎潮湿的翅膀没有力气了。就在它要接近地面的瞬间，越来越激烈的扇动让它找到了平衡，然后，低低的，几乎是迟缓的，它飞起来了。它飞过无数紧闭的窗户，和纠缠成团的电话线、照明线，一直飞向阳光还没有照透的、黯淡的灰色天空。

这是它的时刻，在城市没有彻底苏醒之前飞走。

整个白天，我都处在一种非常棒的高效状态，所有的文字工作，都被我处理得条理清晰，严谨又不失文采。六点下班的时候，我并不急着走，黄昏来临之后，外面的气温会急剧下降，我完全有充分的时间坐地铁赶到他那里。

我和这个男人命中注定相遇，彼此间有一种神秘的本能在互相吸引，我敢肯定，他观察我已经很久了，我观察他也同样如此，此刻我抛弃了其他任何杂念，只想着今晚能否惺惺相惜。

那个传说中的21楼，好像我已经来过几十次那样熟悉，不需要任何引导，只是打出非出不可的一张牌，电梯空无一人，下班的高潮已经过去，没有什么生意能让人再次走进这里，所有的人都想在下午六点之后逃离这里。

他就坐在那里，穿一身宝蓝色的西装，在一个足有两百平方米的大厅里，他坐在那个中心，四周空无一物，既没有家具，也没有任何装饰品，连鲜花和植物都没有，只是一片的白色，白色的哑光墙壁，像糊上了一层宣纸那样，沉默地环绕着。

中心只有一张小小而且低矮的日式餐桌，似乎是用核桃木做的，四周显得过于空旷孤寂。但我马上看到了这种设计的合理之处，食物只能处在那个中心点上，也是餐桌的中心点上，四周没有任何的东西可以让人分神，唯有在此空旷之地，味觉才能向核心聚拢。除了顶上的灯笼，一种纯粹淡红色的长条形灯笼，沿着天花板的中心，成矩形悬挂着。

你唯有专心就餐，否则在这样的空旷中无事可做。唯一的视觉释放点，是在和门对着的墙壁上，开了一扇有三米多长，但只有半米来高的窗户，显然，这不是大楼的本身设计，而是他封闭了其他的窗户，那扇窗户现在只有蓝色的天幕，连任何灯光都不能反射在上面。

他淡淡地对我微笑，那种笑容彻底从网络中走了出来，如此自然和熟悉，就像已经端详了我很久一样自然。没有握手和多余的客套，他看见了我眼神里一闪而过的疑惑，说："你坐在这里，那扇窗户白天的时候刚好对着西山，风景里只有山，其他的什么都看不见。"

我明白了："谢谢你的邀请，其实我已经等了不少时间。"

他摆弄着手上的一双黑色筷子："你很聪明，你有自己的方法等下去，你没有在那里徒然浪费时间。"

我有点自惭："到了你这里，我才知道自己的手艺有多丑陋。"

这并不高明，且提前到来的恭维也让他笑了，好像这已经确定了我的态度。"没关系，当年我也像你一样胡乱做菜。"

然后他站了起来，走到墙壁边上，打开了一扇小门，那个门我进来的时候根本没有发现，因为那也是纯白色的，然后他用木盘端着两个玻璃器皿走了出来，那扇门里面应该是备餐室。

玻璃器皿里面盛着的是一块干笋和一根芥蓝制作的清汤，很清澈，能够看见桌子的底部的纹络，里面并非全无油脂，因为上面还漂浮着一种淡淡的浑浊，这是我久已熟悉的风格，棕黄色和翠绿色两相对应，令人忍不住马上就去脑海里搜索一个诗句。

他说："不用联想，它会自己打开你的大脑。"

我们开始啜饮汤汁，那味道依然无法言传，有着太浓烈的草地新鲜味，我努力想分辨，干笋醇厚的野性和芥蓝的辛味好像都被一种鲜味不费力地征服了，但那种鲜味太淡了，很难确定它的存在。我只得说："你的原料一定很了不起。"

他说："其实只有原料而已，如果你生长在山野之中，你根本不需要做一个厨师，就能做得很出色。"

"这正是一个城市厨师的烦恼所在。"

"你说得没错，我曾经为了运输的问题伤透脑筋，但后来我建了一个种植和养殖基地。"

"但原料各有其产地，不一定能在你那里生长。"

他颇为自得地看着我："我不是要它们在我这里生长，我是运过来之后用土壤或者水分，或者饲料，让它们好好待着。"

"用冷库不就行了吗？"

"绝对不行，因为食物在放置的过程中，自身还会有些微的生长，这种生长完全是在消耗自身，它的味道肯定是会损失不少，所以我得继续养着，虽然改变了水土，但它的损耗就不会那么大了。当然，这样做仍不能避免味道的流失，我有点无可奈何。"

好的食物，美食家能吃得出它的青春，即使是笋干，也应该可以判读出它拔起的时间，如果是放了一天的蔬菜，他们也能吃出它没有年龄没有青春完全失忆的感觉。

然后，他再度起身，收起那两个玻璃器皿，当它们已经空了的时候，我才发现它们异常精美，反射出的光线呈现一种奇异的视差，似乎反射光总不能落在同一个地方，那意味着那是一种中间镂空的玻璃，能在内部做出一个精巧的保温层，从而避免玻璃材质本身的不足。想到这一点有点让我开心，他也发现了我盯着器皿的视线。

在转身挪步之前，他说："其实美食美食，那个美字就放在前面，我不把它理解为美味，而是美学，如果做不到极致的美学，那我们还是和野蛮人一样撕碎着食物来吃。"

他又走进备餐室，去取下一道菜，我品味着他刚才说的话，联想起日常餐馆里那些各种碎裂方法的食物，狼藉不堪的骨头和肉块，脱皮而瘫软的禽类和鱼类。这种美学确实也太难实现了，大多数厨师只能在个别菜品上实现，而其他的都无法保存食物原有的风貌，让它们像在生长时那样自然，葱段、辣椒、酱油、蒜泥，这些五颜六色的配料是大多数厨师实现美学的手段，以为只要有了鲜艳的颜色搭配，就是美学。

他端过来的第二道菜是清蒸鲤鱼，一个日式织部釉格子纹长方盘，刚好符合它的身段，看得出他用的是完全密封食物的干蒸法，鲤鱼只析出了很少的汤汁，那完全是来自它自身水分里的汤汁。

"来自四川的峡谷鲤鱼。"他介绍说。

我想了一下那峡谷里的激流险滩，和鲤鱼奋力游动的场面，一丝止不住的灵感又冒了出来。尝了一口之后，我说："真的好像，其实，这味道并不是它们生长的环境的问题，而是它们的处境问题。"

他完全听懂了我的话，似乎找到知己般的开心笑了："完全是正解，一般人会联想到它生活在没有污染，水流异常活跃的自然之中，那就肯定是美味咯。其实这样也就普通了，因为没有污染的水域也是很多的，但峡谷是不一样的，那里面水流太激，太险恶，礁石和漩涡都太多，鱼类不得不不停拼搏，才能找到一点舒适的环境，但那种环境又会被马上破坏，所以它们不得不穷其一身，去寻找一个安身之地。你说这样野性、这样疯狂的鱼类，它的滋味是其他鱼能够比拟的吗？”

我说，那不就和鲑鱼是一回事，这种鱼类生灵必定要向江河洄游，中间要渡过咸水到淡水过渡，渔夫的滤网，黑熊的爪子等诸多凶险，朝那个它们注定会死亡的地方逆流而上，产卵之后也失去自己的生命，因此，它们也是全世界最好吃的鱼之一，也有鱼肉中最美丽的颜色。

我彻底服了，这种鱼的滋味，确实比我家乡的野生鱼要更好一些，我们那里的湖泊貌似风波险恶，其实底线还是很平静的，鱼群肯定是在那里安全游动。

此时我已经饥肠辘辘，那一条鱼基本不能填满胃部的十分之一。吃到后面，我恍然想起那种鲜味肯定不是完全来自于鱼的自身，因为它的甜味淡了一些，于它的野性有点不合情理，照道理它应该是甜味超出鲜味更多才对。

我试探着想提出我的问题：“你这种鲜味其实是来自高汤还是提鲜剂。”

他反问我：“你敢肯定不是来自味精，或者鸡精吗？”

我回答当然不是，他又追问我知道还有什么东西可以提鲜。

我说太多啦，主要是在亚洲，各地都有古怪的提鲜方法：“用菌类是很普通的，海边的渔民有的会用鲣鱼或者一种海苔去提鲜，还有很多种贝类，据说有一种南海的贻贝是极品。”

我的回答还是让他吃惊不小，他最后仍然用一个补充压倒了我，并没有给我正面的回答："其实最神奇的是日本的一种海带，捞上来不能用水去洗，只能在沸水里很快地滚一下，就是焯上个几秒钟就得捞上来，那锅汤就成了高汤，鲜得不得了，啧啧。"

啊？看着我震惊的表情，他更加地意气风发："其实我用的都不是。"

然后他转移了话题，那条鱼被我们飞快地吃得就剩一副骨架，虽然吃得很快，但我们无疑都是小心翼翼地，那个骨架留在棕绿色的盘子里，陶器呈现出一种陈旧而古朴的气息，如同将一条活鱼变成了一块化石。

他开了个玩笑："你看，这不就是它的最好归宿吗？多么生动的骨骼标本。"

然后他斩钉截铁地说："这也是吃的艺术，即使是残渣也看起来像个艺术品，啧啧，这简直美极了，如果没有对美的感动，那怎么能算得上是美食家呢？"

他的表情认真得就像在演戏那样，虽然他确实有点胖，有点过于自大，但这种夸张荒谬的台词，确实能让赴宴的女孩充满乐趣。

他再度起身，端上了第三道菜，两个陶碟里盛着一块五花肉，五花肉的下面压着一大块干鲍鱼，肉汁鲜活地流淌下来，和棕色的鲍汁混在了一起。他和我一样，突破了搭配的禁忌，尝试了肉类和水产。他介绍说这种陶碟是日本的唐津窑，一名日本料理大师手工烧制的。

但我的兴趣点落在了那块五花肉上面，它竟然有着令人无法想象的精妙质感，每一层都是一样的厚度，一分半厚的皮，下面刚好是一分半的脂肪，再连着一分半厚的瘦肉，再是同样一分半厚的肥肉和瘦肉。这简直就是造物的奇迹，按照常理来说，再好的土猪或者牧猪，每一层都会比这个略厚一些，更无法达到这样肥瘦完全等量的效果，即使是传说之中，我也想不起这来自于哪一种猪。

我陷入一种强大的震撼之中，更不敢用刀子或者筷子破坏这艺术品之分毫。

他看着我发愣的样子，说："吃吧。"然后他将那块猪肉一筷子夹去了一半，非常享受地大嚼起来，此刻他彻底放弃了矜持和高傲，肯定和我一样非常饿了，这种吃相显然已经把我当成了朋友。

那块猪肉证明了那四壁的白色，可以制造出无损的灯光效果，此刻它油光泛滥，浓香四溢。他在吃完了那一半后才告诉我，这是一种奇特的猪，是安徽某地野猪和家猪的杂交品种，两种的血统都很优秀。至于肥瘦相间的效果，那并不是来自散养和放牧，而是运动，这是他的点子，他要求投资给养殖户，给猪修了一条狭长的，由两面泥墙夹成的甬道，猪走进那里就被挤得不能转身，也不能选择方向，只能顺着甬道不停往前走，走完一圈大概有三百米，他精确地计算每日需要的运动量，让养殖户将猪赶进甬道，最后达到完美的肥瘦效果。这是任何饲料和环境做不到的事情。

这道菜我敢肯定没有任何的提鲜，他说网络上的那些传说有很多不实之处，他的菜肴有百分之六十都是不使用提鲜剂的，那百分之四十的使用，也是极其微量，尽量不让人察觉。

我们意犹未尽地吃完这道极品大菜，然后他给我端来一盘白瓷盘盛着的腊味炒饭:"这本来就是给你特制的菜谱,你是湖南人,照刚才那种吃法,你肯定没有吃饱。"

我感激地将那盘炒饭吃完大半,只有这最后的食物,才和我在一个水平线上,也最能击溃我的味觉。

在我吃饭的时候,鲍尔丁开始滔滔不绝地向我描述他的蓝图:"花飨容"现在每天可以达到12万元,如果他把条件放宽一点,这个餐厅的营业额马上能增加一倍。而另外两家"花飨容"餐厅也在寻找门店,他还想开"云飨衣"餐厅,这个餐厅消费会比"花飨容"更低一些,更适合普通大众的需求,这才是事业的真正开始,更为宏大的架构会随之而来,他会凭借餐饮的品牌和影响力,建设更大的养殖种植基地,进军原材料行业和超市,举办健康美食讲座,最后将"云飨衣裳花飨容"影响力打入北京的所有家庭,以各种方式成为他们家庭厨房的一部分,进而影响全国。

我听得津津有味,毫不质疑他的成功,也明白了他请我来吃饭的真正用意所在。他说:"我只能告诉你一部分,更庞大的计划现在还不能全部透露给你,我能够用味觉征服很多人,我也有其他的手段去征服其他的方面,只是现在不方便说而已。从我建设那个QQ群开始,就有两个大机构在支持我,我们一起建设和策划,他们认准我是一个了不起的天才,当然,你也是!"

我停住了筷子,不解地望着他,他用一种非常热切,完全来自真诚火焰的语气对我说:"你应该跟着我干!"

我一下子热血上头,那轰轰烈烈的厨房岁月,那烟火旺盛的快乐时光,此刻都找到了一个出口:"是全职还是兼职?"

他说:"当然只能是全职。"

然后他进一步解释道:“你的天赋很好,知识面也很广,领悟能力很强,你会很快全部学会的。我当然不可能只要你来做厨师,你在媒体工作,知道怎么做推广,怎么做越来越必要的公关活动,总之,从厨师里我是无法找出你这样得力的助手的。最后我要说的是,不管你现在收入是多少,我可以马上开出比你做编辑多五倍的工资。”

最后这句话彻底打动了我,我明白我不能永远租住在那里,也不能永远对未来的妻子抱有一颗惭愧的心。我沉默了几十秒钟:“你需要我什么时候开始上班。”

“越快越好,最好是明天。”

“那不可能,我总得打个离职手续吧。”

他神秘地笑了一下,转换了话题:“你现在住的是什么地方。”

我告诉他地址,然后说:“我那里条件很差的。”

“但厨房很好使,对不?”

“其实也不好使,又小又旧,只是我用惯了而已。”

他拿出了最后的底牌:“那你可不可以这样,我刚刚租下了几套条件不错的公寓,是给未来的管理层和大厨用的,你可以马上搬走,至于你现在的房子,租约还有几个月?”

“还有两个月。”

“那可以这样,你先搬出去,那个房子借给我使用一阵,在尽量不影响别人的前提下,我会在那里放一些材料,新的餐厅会开在东边,很多东西搬来搬去不方便,厨房你不要收走,有空还是在那里请请客,吃吃饭,对于一个厨师来说,突然离开自己的环境会很不适应,你需要过渡一下。我见过有的厨师,即使换了一把勺子，也会突然放不准盐，这是很微妙的事情，有的呢，即使用同样的工具材料，换个地方都会对口味有影响，也许是湿度和空气质量的影响。总之，如果你愿意的话，现在就可以搬走，我叫人把新房子的钥匙先给你。”

他朝我伸出了手——冥冥之中早有注定，他一定会改变我的人生，可能是因为我误信了所谓的机遇和自己身上不堪一击的“才华”。

最后他把桌上的碗碟都撤走，端过来两杯茶，是有着挥发性甘油的浓烈的金橘茶，那强大的芳香酯气味立马击中了我——很多优秀的厨师和小说家都是优秀的气味追踪者，特殊的气味能给他们迅速带来灵感和生活的真正体验，从而创造出优秀的作品。关于气味，我最钦佩的作品是来自于一个阿根廷的小说家，他写了一个故事，一个农民企图在大城市里寻找他失踪的妹妹，一直住几块钱一晚的大通铺，当他找到一个充满妓女和毒品的贫民窟的时候，他突然闻到了一种家乡野花的味道，那种味道即使再肮脏的空气，再浑浊的粪便和酒精气息，对于他都不会有任何干扰作用，即使很低的浓度他也能够找到它，他也只能找出这种气味而已，这种才能，就和在火车站出口突然面对几千个人，一秒钟之内看见自己亲人的才能没有两样。故事到这里就结束了，但带给我的震撼一直在延续，那气味和已经消失人之间的关联，也许要穿越几个时空才能够建立。现在，他把那杯金橘茶端到我面前的时候，一种久违的强烈冲动快让我潸然泪下，那正是李小芹头发深处的味道。

“尝一下吧，也是湖南产的。”

我缓缓抬起头来，几乎是没有任何阻挡地提出了我的问题，这个问题虽然已经再无必要，虽然有可能让我后悔终生，我也顽固地将它提了出来：“你知道李小芹在哪里吗？”

他也怔住了，手上有了不安的抖动。

我们彼此沉默大概有一分钟之久，我死死盯着他，一种强烈的冲动取代了刚才的相见恨晚，那杯该死的果茶在迅速冷却。他舒了一口长长的气，然后抬起头来：“我明白了。你是来找她的。”

“不全是。”

他有点出神，好像也有很多事情在内心翻涌，他不会无缘无故成为现在这个模样，就像李小芹不会无缘无故从我这里突然消失。然后他也用和我一样的眼神死死盯着我：“她是我的食客而已，你不会怀疑我把她怎么样了吧？”

“等你说出来之后我才不会怀疑。”

他叹了口气：“好吧，我都告诉你。我总感觉这里面有点神秘的缘分在里面，有类似品质的男人终究会彼此相遇，所以我注定会遇见你。”

“没有李小芹，你也许永远会遇不见。”

“是的，也许是因为她。她是我这里最早的食客之一，我们成为了朋友。但你千万不要误会，我们只是普通朋友而已，后来她和我无话不说，她说她男朋友对她非常冷漠，她完全受不了了。我没有想到她男朋友就是你。她确实太美丽了，很容易成为男人的猎物……”

我有点愤怒，他看了下我脸色，努力微笑让我平静：“我和她确实什么都没有发生，但我的一个朋友看中了她，就是我最早的出资人之一，也是一个策划高手，他叫罗洪武。”

“我知道这个人。”

“那你也一定知道他的事情，他现在失败了，一败涂地，因为他太聪明了。现在我已经换了两个出资人，他坐牢后，我也再没有他的消息，但这不要紧，他肯定还没有出来。”

“但你还在打探李小芹的消息。”

“是的，我后面一直联系不到她，听说罗洪武最后拼死保住了她。真的，什么事情都没有，我最后一次见她的时候，她和你还在同居着。”

我仍然有点将信将疑，他最后站了起来：“如果你不相信，那就让我们两个人一起拼死找到她，就算她走到天涯海角，我也要证明给你看。”他再次伸出了双手，我不知所措，他说：“来吧，我没有想到还有这样的缘分，我们是真正的朋友。”

他又换了一个人，恢复到热情洋溢、豪情壮烈的模样。

好吧，跟着他，我迟早有一天会弄明白这事的，也许慢慢地，我会像从前那样，再也不想弄明白了，那个冲动已经慢慢消退，就像我刚刚决心杀入厨房那样。

第八章

在回家的路上，我给杜路打了一个电话，说今晚务必到我家来，我有好事告诉他。

他马上过来了，在任何事情上，他都是我最忠诚的朋友。然后我说我要转行了，同时也要换房子了，我马上想离开这个地方。我没有说再次遇见女鬼的事情，只是告诉他我的收入马上要多四倍，即将成为那个神秘餐厅的管理层。他听了也异常兴奋，建议我明天就赶紧搬走。我们马上开始打包收拾东西，我发了个短信给鲍尔丁，让他明天把钥匙就送过来，这一下子热闹一下子又充满恐惧诡异的地方，我早已受够了。

我们将阳台上不必要的清洁工具和破纸箱、旧衣服之类的扔到了下面的垃圾站，然后将我所有柜子里、箱子里的东西都倒出来，挨个扎捆、清理，只是暂时留着厨房不动，我最头疼的是书，很多好久没有看的书一拿起来就是一股灰尘，我们将它码进纸箱里，放不下的塞进编织袋里，我们干得热火朝天，东西不算少，还有更大个的电风扇和加湿器之类。杜路有一辆越野车，明天晚上他只需跑两趟，就可以把我东西搬干净。

我去厨房里找几个碗碟，至少我在新居得做点简餐，当我打开橱柜，从最底下的碗碟开始清理的时候，感觉到背后又有人在盯着我，我本以为是杜路，但发现还是她，杜路正在卧室里帮我给纸箱扎绳子呢。

她凛然地看着我，那身白森森的缎裙，此刻在白炽灯下闪闪发亮，肩膀全部裸露着，全然不顾还有另外一个人在后面："你在干什么。"

她又来了，此刻我什么都不怕，我有两个人呢，我们一定会摆脱她的纠缠，即使那种纠缠再美丽再迷幻，今晚一定就是最后结束她的时刻。

"我要搬走了。"

她突然变得很焦躁："不行！"

我抓着两只碟子站了起来："没有什么不行的，该走的时候就得走。"

她呆立了一阵，眼眶有点湿润，那闪闪的火光紧紧地燃烧着，试图将我融化掉："你不能走，你忘了昨天的事情吗，我们才刚刚开始。"

我想起来了，那不是梦，应该就是有那么回事，但我不能停下来，这无缘无故，完全来自另一种生灵的爱情，我永远不可能掉进去。

"别，你别这样，就当一个梦好了。"

这时候杜路抬起了头，很吃惊地望着我："你他妈的一个人自言自语干什么，你在和谁说话。"

我大喊着："快过来，那个女鬼来了。"

杜路吓了一大跳，他跨着大步走过来："×他妈的女鬼，她在哪儿？"

他是径直从她的身体里穿过的，她的形体像烟雾那样散开了，又慢慢聚拢成形，现在，她是真正地为我刚才的话愤怒了，每一寸裙裾都在抖动着，耳边的几缕头发，也不安地飘动起来，眼神里的火焰越来越旺盛，看得我毛骨悚然。

“你发什么呆，那个女鬼在哪里？”杜路抓住我的肩膀在摇。

“就在你的背后。”

他回过头：“你开什么玩笑。”

但她确实站在那里一动不动，她嘴唇也开始颤抖起来，浑身都像在积蓄一种力量，好像今晚将和我来个决一死战，看着她的这种模样，我仅存的一点怜悯之心也消失了，趁着杜路还在这里，我一定要解决她，要么今晚就彻底离开。

她将杜路完全视若无物，那个形体直接飘过杜路的身体，紧紧扑在我身上，她爆发了，成了一个彻头彻尾的疯子，她的手臂狠狠箍住我的脖子，我根本出不了气，她在哭，是的，她在撕心裂肺地嚎哭：“你不能走啊，你不能走，你不要把我留在这里啊。”

我死命将她的双手脱开，我用力过猛，将她直接摔在了地上。她爬了起来，然后又一屁股坐在地上，那条裙子竟然沾上了黑灰，头发上也全部都是。

我的动作显然把杜路给惊呆了，此刻我脸色铁青，眼神吐露着无边的惨淡……他看着我：“你在干什么，你他妈的在干什么！”

“她就在那里。”我指了指地上。

“什么都没有啊，声音都没有。”

那个女子，现在用最后的哀怨，用全世界最绝望而无助的眼神，看着我，然后，她又爬了起来，抱住了我的腿，我一时间不知道该怎么做才好，任由她爬上我的小腿，大腿，胸部，然后她站了起来，努力忍住泪水，将她的嘴唇贴向我的脸颊，然后向我的嘴唇继续摩挲。

“你怎么又不说话，你怎么又在发呆？”杜路被这种诡异的场面吓坏了，他也带着极度恐惧的颤抖嗓门在问我。

但我什么都已经说不出来，脸上沾满了她的泪水，她继续着昨夜那种呢喃：“吻我，就算你要走了，也先吻我。”她咬住我无力的嘴唇，然后伸出舌头……那种蛇一样的滑腻本该温润无比，此时却充满了灵魂出窍的恐惧，她彻底缠死了我，我不能动弹分毫，大脑里的所有的回忆，所有在这里经历的痛苦和欢欣，此刻都纷纷扬扬，碎裂着，剥落着，盘旋着，更大的崩塌持续而来，这整个的暗黑世界，终将化为乌有。

突然，就像被一种巨大的雷暴击中那样，她从我的身上弹开了，像有十万伏的高压电，或者倾泻的钢水那样，将她的一点信念彻底冲毁：“你，你身上有股气味，好可怕啊，天啊，好可怕。”

这瞬间的变故让我更加恐惧，犹如置身深不可测的冰海。她惨然笑着，慢慢又重新蹲到了地上，像被无边的黑洞吞噬那样：“天啊，你，你……”

她不是闻不见气味的吗，这是为什么，这究竟是怎么回事。

她的身体彻底瘫软了下来，开始了可怕的溶解，先是衣服，再是每一寸皮肤，都在流淌成白色的汁液，快得如同被投入沸水中的油脂。在那越来越浓的汁液中，她慢慢呈现出骨骸的黑色轮廓。然而那种悲号还在持续，就像从地狱而来，从天幕而来，从人类根本无法预知的世界而来：“天啊，天啊！”那气息越来越微弱，和她的身体一起慢慢融化为越来越小的污渍，飞快地渗入地面，那最后的一个小白点，突然收缩为有巨大能量的、无比刺耳的呼啸，似乎将把所有存在的生灵吸走。我努力站立，抵抗着瞬间而来的狂风，它将我真实存在的衣衫，头发都奋力吹起，如同在火焰中燃烧的树林。

这所有的景象，最终都化为一阵无形的气体，杂乱的湍流在狭小的空间奔腾，嗖嗖地寻找方向，最后，那种气体钻入了橱柜，顺着下水管线，冲进更深的黑暗之中，发出嘭的最后巨响，宣告了决裂，再也没有任何声息。

我们安静了不知道多久，沉默了不知道有多久，也许就是五百年那样漫长。杜路终于回过神来："真的是有鬼！"

是他将我拖回了人世之中，我呆呆看着那堆扭曲的管线。

他战战兢兢地说："听到了吗，刚才就是那里，好响，好恐怖。"然后他指着橱柜角落的那堆管线。现在，我可以确认，最后那个声音真的存在过，这是证明给杜路的唯一证据。

然后更久的安静又让他变得理性起来："看看吧，我才不信真的有鬼。"

"不用了，就这么算了吧。"

"不行，听你说了那么久的鬼故事，我一定要搞清楚。"

这个胆大包天的家伙掏出手机来照明，顺着那根管线照向橱柜通向的外墙，那里理应是一个走管线的大窟窿，但现在被泥灰封死了。

他把头伸了过去，仔细地听——这个模样真让人心惊胆战，就像士兵将头伸到了榴弹炮的炮口，查看是不是卡壳了。然后他变得很兴奋："里面有东西呢，在一拱一拱地响。"

我也凑了过去，心里惴惴不安，好像在不是很深的地方，有什么东西在活动。

杜路飞快地找来起子和榔头，想要打开周围的墙砖看看。我说：“算了吧，这么晚了，会吵到别人。”

然而他已经开始动手了，用起子戳了几下，泥灰只掉下来一点屑子，他挠了挠头，然后突然一锤子砸了下去，声音很大，那个洞开了。他回过头对我一笑：“长痛不如短痛，就响这么一大声，应该不会惊到别人。”

我们扒开了周围的碎砖，那里面传来窸窸窣窣的爬动的声音，似乎有某种爪子在里面，越来越近，越来越清晰，我们筛糠一样战抖着。

突然，一只巨大的老鼠从黑洞里跳了出来，几乎是擦着杜路的头皮掠过，然后直接跳在了我的肩膀上，我都闻到了它毛发上的腐臭之气，我们不约而同发出了惨叫，这惨叫肯定已经惊扰到了邻居。

但那个窸窸窣窣的爬动还没有停息，几乎是直接爬到了我们的胸口。

杜路拉着我的手，不停地哆嗦着，然后，他再次将手机照明伸向了洞口。

一股恶臭扑面而来，那昏暗的光线照射着仿佛几十年没有流通过的空气，这是一面很厚的空心墙，整个单元的所有管线都会在里面。借着手机微弱的光线，里面有一个灰白的小小轮廓，杜路努力克服颤抖的双手，将光线停留在上面。

只有半秒钟，我们就明白到底发生了什么，即使光线微弱，也将这场梦魇推到了顶点——那是一个惨白的，还发出微弱荧光的骷髅，一只小老鼠，正从它的眼窝爬了出来。

我的那一声惨叫一定冲破了玻璃、墙壁、门框的所有阻隔，一直刺破了茫茫的大气，瞬间就被抽离了所有的灵魂和血肉，天花板无边无际地向我砸过来，既不能进入噩梦，也无法离开噩梦，一切混沌，一切虚空……

有好长一阵，我什么都说不出来，似乎失去了对这些事情的推理能力。等我能说出来的时候，王宏和杜路坐在我身边，接下来的时间，似乎不停有人来看我，有的白影可能是医生，其他的影子都不知道是谁。终于，我慢慢清醒了过来，但说不了几句话，我又想睡去，又想死去，浑浑噩噩，不知所终。最后，是杜路用力将我掐醒，非常地使劲，我肋部的皮肤都快被他撕破，也许，我就这样过了两天，或者是三天，其实我能听见，但他们什么都没有告诉我，只是沉默地守候着我。

是一个赵姓的警官要找我做笔录，我说我虚弱得很，就经常坐床上断断续续地接受这个工作。

他几乎每天都来，问了我很多细节，我也慢慢知道了发生了什么事情。案件很快破了，作案者也被迅速擒获，他对所有罪行供认不讳。

他就是鲍辛，也就是鲍尔丁。

他是我这个房子之前的租客。他在一辆捷达车上杀死了自己的女友，他的女友名字叫做白一晨，然后他就在这个房子里毁尸灭迹，将最后的骨骸藏进了空心墙之中。

我问赵警官，为什么那么长的时间都没有发现白一晨失踪呢，如果发现了，那就很快就能找到鲍辛，也就是鲍尔丁的身上。

他笑了笑："他们是从河北来北京的，实际上是私奔的。鲍辛抛弃了所有的事业、家庭，还有自己的孩子。白一晨虽然没有孩子，但他们家里的人都发誓终生不再认他们。你想想，他们孤身来北京，死了的根本没有人去报失踪，又没有尸体出现，我们怎么会知道有命案呢。"

我颓然叹了一口长气，这时候冯大卫的电话来了，他问："你还好吧？"

我说："那能怎么样，怎么知道我点这么背。"

他的事业越发红火，那个心情棒非常畅销，完全超越了他的其他传统医疗产品。他一时不知道该怎么安慰我，这事也根本无法安慰。

"对不起，是我疏忽了，我应该能预感到你是真的有麻烦。"

我苦笑着："这样的麻烦真的没有人能帮我，你瞧，那里面真的是有鬼，连警察都不相信我。"

我望着赵警官，他一脸狐疑地望着我。

以后我休了个长假，杜路让我住在他的家里，每晚都试图让我放松，但我还有点心愿没有了结。我辗转于公安局、法院、鉴定所，试图搞清整个事情的来龙去脉。这起骇人听闻的惨案轰动了整个城市，总有记者试图采访我，但我在杜路的家里，相对是安全的。在得知白一晨的骨骸将被最终火化的时候，我决定去送送她，我以为，这个世界再也不会有人为她送行，除了我。

多年以后，白骨对于我的意义已经完全变了样子。我站在火葬场火化炉的旁边，静静地看着白一晨和我做最后的告别。

我本来不是站在那里的，而是在骨灰堂外做最后的等待，那里有一条混凝土路将火场和“追思堂”隔开，追思堂其实也就是骨灰存放处。一辆黑色轿车从我身边缓缓开过，后座坐了四个没有表情的老人，那时候四周无风也没有任何交谈，铅色的天空在为冬天做着最后的巡礼，四周零落地站着几个人，他们的颜色和站在这里的柏树没有两样。

当时确实一点风都没有，突然就有一阵寒冷，似乎带着高强度的电流，刺破了我的羽绒服和毛衣，直接抵达了我的肺脏。我从未遇见过如此的寒冷，瞬间将我置于冰河之中，我觉得是因为我站得孤立，而寒冷的幽灵才会来袭击我。这种感觉叫人痛苦，我死死地裹紧衣服，但寒冷仍然像无数伸出的铁钩，死死咬住我的每一根神经。

我旁边同样也矗立着一个年龄和我相仿的人，他也是来送白一晨的，但没有告诉我他是谁。我问他，“是今天很冷，还是因为这里——”

他很冷静地说：“我也觉得冷，刚才看了下手机，今天气温其实还有两度，肯定是因为这里。”

然后他不安地跺脚，如同赤足置身于冰原之上，我也像失去了鞋子，有点站立不住。

我们决定换个地方，也许能暖和一些，于是就进了火化室。我看着陈旧的二号炉，上面的钢壳还有一点淡淡的油迹，上面只有两盏显示灯，一盏红的一盏绿的，此刻红色的在不停闪烁，为一具肉身做最后的祈祷，我等了十分钟，绿灯亮了。

火化工将一块铁板推了出来，上面躺着我曾经拥抱过的人，她仍然保持着人的轮廓，只是变成了完全的白色。

那个人用一种完全没有任何水分的眼睛，开始了冷静的工作，就是把那些人形的轮廓打散、收拢，他亲自动手，火化工成了他的帮手，好像他也很熟悉这样的工作一样，其实他也是第一次，和我一样，拣拾走里面一些黑色的渣滓，只留下白色的。那些轮廓有的是头骨，有的是骨盆，它们失去了所有的覆盖，还原为尘土。

我所注意的，是她的左手臂，前臂的尺骨和桡骨，它们曾经修长而美丽，它们抱住过我的后颈，在那个惊悚的房屋，从卫生间到厨房，再从厨房到卧室。

此刻它们重新变得纯洁无瑕，褪去了最后的污垢。

那只左臂的形状，还保持着最后的一点力量感，哪怕即使靠近的呼吸，也能让它还原为尘土的原形——

它就像从大地深处伸出来的一样，曾经抓住过大地的一些雨露和阳光，然后又悄无声息地收回。

我和那个捧着骨灰盒的人告别，最后他也没有告诉我他是谁。

审判是不公开进行的，由于案件过于惊悚，没有公开审理，不少记者用各种理由混了进去，但我没有去，我是当事人之一，以生病为由，提出我可以给出法院所有想要的证据，但无法站在那里，再次看见那个人。

一审他被判处死刑，此后等我心理稳定下来，我又有点后悔：我其实可以见他一面的，不必那么恐惧，他已经死定，比我更背时。夜里我总不敢想发生在过去的一切，但它们总是时不时出来袭击我，我不得不和杜路睡在一个房间，每次我觉得自己痉愈的时候，又发现自己哪里还是不对劲，几十天都无法离开他。最后他建议我，你有那么多疑问，你又不参加庭审，不如去见见鲍辛，将这事彻底搞清楚，然后我帮你将它们埋葬，带你去西藏，将这些事情彻底埋葬。

不到二审的时候这事似乎很难办，我辗转问了律师、法院和监狱，最后是冯大卫帮我解决了这个问题。他让我干脆以记者名义写采访申请，他找了熟人，让我的申请得以通过。

他戴着沉重的脚镣，咣当咣当地坐在了我的面前，有一个狱警陪着我，他显然已经烦腻了这样的会见，只是一个劲地用指甲刮擦那一长串钥匙上的污垢。

我暂时还是将他称之为鲍尔丁，这个曾经意气风发的餐饮界名人，未来的希望之星，如今正在平静地等待死亡降临。他瘦了不少，黄色的囚服下面简直空空如也，他用一种凄然的笑容望向我，显然希望我还能将他当朋友看。下面是我从录音中摘选的一些内容，为了阅读方便，还加上了一些弄来的庭审笔录：

我没有办法原谅她，我们是由爱生恨，为了和她在一起，我抛弃了所有的财产、我的亲人，甚至包括自己的孩子，唯一带到北京来的是一辆旧捷达车。她说她也承受了很多，连父母都不再认她，但总归没有我承受得多……到这里以后我们带的钱都花光了，我指望开一家餐厅，我有这个能力，正在设法四处筹钱，她却开始绝望了，本来这里条件就很艰苦，诱惑却非常多，她背着我偷偷和几个男人交往，然后去酒吧应聘当了服务员，我知道那不是好地方……后来她以工作为借口住在酒吧提供的宿舍不回来，我很生气，那天晚上我去找她，把她叫到车里，她却说要离开我，她已经在外面租了房子，想回家取完东西，我们越吵越凶，最后我在车上掐死了她。本来我是想找个地方抛尸来着，但怎么想都不安全，万一被发现了我就死定了，于是我把她运了回去，苦苦思索了一天。最后还是决定就在这里处理得了，我买来药剂、刀片什么的，先把她的肉体和内脏给处理了，反正得全部化掉，残渣给扔了，那不容易看出是什么。但骨头却没法处理，我根本化不动它们，于是只能搁家里。就这么惊慌失措过了一阵后，我发现根本没有警察来找我，那个酒吧本来就是人来人往的地方，突然走了个服务员根本没有人关心。于是我知道自己暂时是安全的，但把骨头放家里不是个事，扔又没法扔，我夜夜做噩梦，生怕她活过来咬我，于是我就想把它先封起来，至少不能敞着放。我发现那个管线下面是有空间的，于是那天，我就买了腻子、水泥来做这件事，等我想好可以扔哪里了，就把它再取出来。没想到我买这些东西回家，被肖阿姨看见了，她就爱多管闲事，偷偷告诉了房东。等我刚把骨头给封好，房东就过来了，非让我马上搬出去，理由是他写得很清楚，不经过他的允许，不能对房屋做任何装修和改动，我根本来不及多收拾就搬走了，在外面过了心惊胆战的几天。

之后我又回来看过几次，每次远远看见肖阿姨在那里，就不敢走近，生怕给她发现了。于是我只敢半夜三更过来,或者凌晨过来,看那里面有没有人,我有没有机会把骨头给搬走。但里面已经住了人……对,就是你们两个,有几次我差点在早上和你打照面,幸亏及时认出了你。虽然我在附近晃悠,你们这栋楼人来人往,我根本弄不清谁住在那房子里。后来看见李小芹,觉得好面熟,果真她也是住里面的。啊?我在附近晃悠吓到你们了?屋子里会响?那我也不清楚是怎么回事。

后来有贵人帮忙,我情况好点,又想着把那房子设法租回来,把骨头给处理掉,一直没有想到合适的办法,总有人住在那里面,怎么都等不到他们搬走。也许这么过几十年都可以,只要那房子不拆,不大修,就没有人知道。这事情阴差阳错,李小芹居然把你给引来了,开始没有想到是你,我和你聊到最后,你提起李小芹(她住的地方早告诉我了),我就想出让你搬出那个房子的念头,没有想到你动手一搬,就把警察给引来了……早知道何必如此。

在我们谈话的最后,我说:“不管怎么样,谢谢你的那顿饭。”

他也惨然笑到:“也谢谢你送了下白一晨,她真的没有什么朋友。”

提到白一晨,我想起她最后那种恐惧,那提到的气味,那究竟会是指的哪种,我恍然想起个答案,但是不敢确定:“那顿饭里的提鲜剂,到底是什么?你现在总可以告诉我了吧?”

他用死亡降临般的深邃空洞眼神茫然思索:“你该不是想拿

秘方去卖钱吧?”

我说当然不是,我知道你的手艺从此以后无法复制。

他哈哈狂笑起来,甚至惊起了那个只顾埋头玩钥匙的狱警,怒声呵斥他。

鲍尔丁最后用一种神秘的声音,颤抖着告诉我:“那是一种肉,敢使这个的都得碎尸万段。但我忍不住好奇尝了一下,太鲜美了,把它做成高汤,即使被稀释一千万倍,还能同样的鲜美。哈哈,哈哈,于是,它就成了我的秘方,你们全吃了,全吃了……”

我的胃部开始痛苦地痉挛,忍不住俯下身子干呕着,呕得昏天黑地也无法抬头,甚至都无法抬头看他一眼,那再次响起的哐啷哐啷的铁链声,告诉我他已经走了,我决心将这个秘密永远保留下去。

三个月之后,我和吕晓薇结婚了,我在燕郊买了一套两室两厅的房子,只背负了百分之二十的房贷,最后剩下的钱我和她去马尔代夫旅行了一次。我们过了幸福的几个月,但交通上的问题太烦人了,我们每天清早六点就得出门,挤上那趟北京最有名的 930 路公交车,就是永远有四五百人抢一辆车的那趟。我应该再买一辆车,但牌照价钱已经开始暴涨,即使去租一个牌照我也感觉无力负担,我的计划不得不一再推迟。

搬到燕郊以后,我的厨房比以前的大了一倍,但再也没有那么多时间去做饭了,基本都耗在路上,回家之后两个小时之内必定会睡着。但我觉得生活有希望,为了继续在这个城市隐身下去,把过去的那个噩梦彻底忘掉,我换了个工作,在另外一个杂志做首席记者,比以前降了个档次。好在我的影评之路已经打开，我经常在公关公司的邀请下为电视剧或电影造势，这比单纯拿稿费挣钱多了。她无疑是很爱我的，我也决心呵护好这个小小的家，但总是感觉有点力不从心，在燕郊的生活大多数时候是异常劳累的，我怀念以前家里灯火通明，一群朋友都等着我端菜上桌的日子，也怀念可以和冯大卫没完没了在球场厮杀的日子，但我终于不年轻了。

又过了一阵子，吕晓薇怀孕了，我得更早起床，在公交车上给她占个座，然后下班也要和她一起挤车回家，用自己的双手保护好她。她催我无论如何将来得买辆车，最好在生孩子之前，等生完孩子之后还得换房子，她爸妈过来后，这个小房子根本不够住。我感觉到前所未有的生存压力，有时候免不了抱怨，长吁短叹，她脾气慢慢也不那么好了，我们开始慢慢有了一些争吵。

有一天晚上，我们在外面的快餐店吃了晚餐，然后我回到家里就赶紧打开电脑，为一家杂志社撰写七千字的电视剧人物分析，这意味着又是一个不眠之夜的开始，我得一边写一边回过头去看剧情，整个晚上我都得泡在上面，然后白天抓紧一些时间趴在桌子上打瞌睡，那个抗日谍战剧看得我头昏脑涨，她却非要我出去买点酱牛肉，还得买刚卤出锅的，一定得是热的。我说我根本没有空，如果我走出小区跑一趟，那么整个复杂的剧情整个的头绪又得重新想一遍，至少得让我把想好的全部都写下来再说，不然出去一趟就给忘了。

她打开了冰箱让我看，那里面确实空空如也，只有一点零食和饮料，我都不知多久没有想起过做饭这回事了，然后她的眼泪就簌簌落了下来，我非常心疼，但无论如何也不肯下楼去，只叫她吃点饼干垫一下，我坐下来重新写，怎么都心不在焉，只好胡乱凑合了事。

夜里她把手搭在我的胸口睡觉,不知怎么突然又抽泣起来,这个阶段的女人是异常脆弱的,总有很多不必要的联想,她说等她肚子大了这日子更没法过了,进入了待产期该怎么照顾她,以后生了孩子加上她爸妈五口人怎么住。我一边安慰她,一边自己的心情也跟着灰暗起来,好不容易等她睡着了,我又进入了胡思乱想,似乎这种乱想能让我从残酷的现实中暂时逃离一下。

我已经很久没有做过梦了,每天累得一睡就死,连做梦的力气都没有,但这个夜晚有点离奇,我睁着眼睛看到了很多灯光,它们隔着很远很远的距离依次照耀过来,就像过去经历过的很多车站,一个又一个,每一个车站都似曾相识,每一个车站都似乎无法重复,我陷入迷惘中,搞不清这么多的车站对于生活的意义究竟何在。

终于,我进入了一个灯火通明的巨大车站,在那里,提着编织袋的打工者和背着背包的学生川流不息,各种熟食的恶心香味搅拌在一起。人群将我推向了一个候车室,那个蓝色衣服戴着红袖章的女人还站在一把凳子上,拿着高音喇叭对人群大吼:“请大家不要拥挤,请大家按秩序排队!”

然后,我几乎是本能地,命中注定看见了她。她依然还站在那里,那件金黄色的如松鼠般明亮的毛衣依然醒目,看见我进来了,她欣喜地朝我挥手,我走过去,就好像刚刚半个小时前约定了在此地一样。她一把挽过我的手,说:“我们还有的是时间,你看。”她举起了那张火车票,上面还是写着 21 点 17 分开,我们至少还有三个小时!我试图辨认其他的内容,却怎么都再也看不清了。

外面依然是暴烈的春天，我也把外套脱了拿在手上，可以肯定这是南方，几个男人坐在广场上玩纸牌，身边放着一些零钱，两个小女孩坐在旁边的巨大编织袋上，低着头像是快要睡着了。她挽着我的手，迅速地离开广场，她说："有的事情你不能忘记了，回忆永远不会待在原来的地方。"但我确实想不起她以前用过的那个电话号码了，试了好几次，总是会错掉一个数字，无法去肯定它们。

她说：你爸爸是个很可爱的人。

我说：你爸爸也是这样的。

我们不约而同不去讨论母亲的事情。

在我们小的时候，我们经常去一条叫做鱼店街的小巷子玩，那个小巷子其实是一个巨大的陡坡，用一级一级的麻石台阶连接在一起的，有很多地方并没有连接，裸露着泥土和很多形状不规则的石块，就像打了结的草绳，那绳结是一些米粉铺、米店、鱼店。这种绳结可以说明当时的工匠是多么随心，他们根本不讲究任何材料和工艺，也许这些街道根本是用麻石的碎料修成的，还掺了很多的鹅卵石。下雨天那里经常打滑，我在那里至少摔过三十多次，但我很奇怪那些挑夫为什么不摔，巷子的最下面就是小南门码头，他们挑着巨大的米袋、辣椒、油料和石灰一级级向上攀登，倾斜的街道，倾斜的天空，倾斜的肩膀，但那根扁担永远是笔直的。有时候我们从那些担子下飞快地跑过，一头撞得他们摇摇晃晃，等他们停下来怒吼的时候，我们已经跑远了。

但我从来不带她去那里玩，我们总是在不同的时候去那里，我只在病床上遇见过她，在那里捉弄她。现在，码头已经废掉了，那个陡坡，从远处看，再也不会有一个人踩着另一个人的头，络绎不绝地向上攀登的情景。我们在那里漫步，那里只剩下几个很破旧的小吃档，卖油饼、米豆腐和炸鱼。一股带点臭气的咸腥味传了过来，她惊喜地冲向一口大型的炸锅：“哇，是青鱼啊，这么小的青鱼，怪不得这么大的气味。”我想跟上她，但一个挑着沉重担子的汉子把我们隔开了，担子的一头拴着一条巨大的鲤鱼，足有三十斤那么重，另外一头却用绳子串着很多很多的小鱼，它们都向上仰着头，保持着要奋力跳跃的姿势，如同天空有一个巨大的吸盘。过去这条街叫做鱼店街，就因为石板上总会坐满密密麻麻的卖鱼人。在这里，关于贫穷和富裕，吝啬和慷慨，热情和冷漠，杀戮和生存，光明和黑暗都能找到彼此之间的平衡。我爸爸总是在这里慷慨解囊，买下一个星期都吃不完的鱼，然后和我母亲在家里大吵一架。

十三岁的那年，我在这里逃学，本来想要在这里的鞋铺给自己买一双新的橡胶鞋，没有想到下雨了，我被困在这里，也看不懂那些戴着斗笠的卖鱼人为何不躲雨，那种斗笠篾片极薄，到处都在漏水，而且除了几个撑着雨伞的主妇，根本不会有更多人在这个时候来买鱼。等雨停了，那些鱼贩还保持着同样的坐地姿势，江边有一层又一层黄浊的水涌过来，然后更黄，隔着弥漫的雾气，更浩荡的水还在远方奔涌。

一个妇人叫住了那个挑担子的汉子，要他解下那条大鱼，我和她饶有兴致地停下来看，她说，那么大的肚子，里面肯定有很多很多的鱼子。汉子按照妇人的要求称量之后，将那条大鱼就放在地上，刮去鳞片，然后从尾部剖开了它的肚子，一大堆黄灿灿、滑溜溜的鱼子，几乎就从刀子离开的同时滑到了地上，场面有点恶心，她惊叫一声，抓着我的手飞也似的逃开了。

她说，我记得你爸爸最会做这种鱼子，明明已经很油了，他还要放上菜油，放了很多干辣椒，还得放上很多小尖椒，并且他总舍不得关火，越煮越辣，越煮越辣。

然后，我们挤上了一辆公共汽车，回到了那个火车站，那辆公共汽车只有很少的几个座位，每次启动都需要往前猛冲一下，然后突然失去了速度，才能轰响着前行。

这座火车站始建于1961年，那个巨大的火炬曾是这个城市的标志，我爸爸夹在逃荒的人群之中，曾经在当年来过这里，发誓要考上重点高中。三十年之后，我几乎每年都要在这里转车，在子夜的汽笛声中昏昏欲睡。

现在火炬还在，但里面的结构却改变了，一个巨大的候车室分成了三个，我们在最左边的一个。随着那个蓝衣女人的高音喇叭再次响起，我们又被卷入了人群之中，几个巨大的背包将我们挤散了，她在前面，我落在了后面，她焦急地对我挥着手，喊着，快啊，快啊。

在那喇叭的持续喧嚣中，她把车票递给检票员，然后我跟着她，从检票员的眼前闪身而过。

站台区域模样也改变巨大，最重要的改变是在那五六条铁轨的上方，修建了一条玻璃通道，我们不必再走那潮湿阴暗的地下通道。我其实挺喜欢那些铁轨交织的几何图案，尤其是在有火车进站，光线由暗变明的时候，《盗火线》《借刀杀人》都在洛杉矶的同一个火车站里拍摄这样的场面。但我在这里是看不见了，那些巨大的一块块玻璃在晚上成了光的栅栏，人流走到这里，如同被吸入了一条泛着蓝色光芒的瀑布，每走进一格，回音就会越响，就如走进更密集的瀑布水流之中，隔着那玻璃，站台上的灯光就像河灯那样模糊闪烁着，那些玻璃，也不可能去作为星光的背景。我们走得很慢，几乎所有人都在超越我们。

汽笛已经响起，还有好几个列车员的金属哨子，我准备松开她的手，她却惊恐地摸了摸自己的口袋：我的车票呢，是不是还在你那里？

我不安地翻动自己的口袋，却发现连口袋也不见了，丢车票是我这辈子最害怕的事情之一。在很小的时候，只有在深夜独自一人走进教室的噩梦才能与之相比。

我只摸到我大腿的肌肉，她的惊恐已经在另外一个世界，也许被永远关在了那些玻璃窗的后面。然后我更焦急了，开始旋转着，翻滚着去寻找那张车票，夜越来越黑，越来越黑，突然间，车站的所有灯光一起熄灭。

只有一阵焦虑的声音在我耳边呼唤："童明，童明，你醒醒，快醒啊。"

我迷迷糊糊地转了个身，吕晓薇更用劲地摇晃我，终于把我从这个漫长的梦境中摇醒："你摸摸。"她把我的手按在了她的小腹之上，那里平整柔软，什么都没有发生过。

然后她要我曲一下腰，抱着我的头，将我的耳朵贴紧了她的小腹。

"快听，快听，他动了，他动了！"

我突然异常清醒，紧张地控制自己的呼吸，不让它们打搅了听觉：她的小腹是一片动脉流动的嗡嗡背景声，如同潜到了泳池的深处，然而那嗡嗡的背景声中，还有一阵接着一阵更微弱，但更清晰、更有节奏的声音传来，有点像鱼类吐泡沫的声音，在深海悄然潜行。过了几秒，又有更响亮，如同心跳在打击腹腔的声音，带着回响，带着她的体温传到了我的耳膜。

“听到没有，是不是他动了？”

那是漂浮在海底的声音，像是天籁，那永恒星光无尽的背景回波，又像是来自大地的最深处，岩石分裂般顽强的悸动。

他像是重新打开了那道光芒的瀑布，那光芒是菌丝，是脉管里的水流和血液，是不断分裂的细胞，很多很多岁月的反射、交织，带着搏斗的尖叫，让我很多年来第一次泪流满面。

有的东西是永远囚禁不住的，无论被囚禁得多么深，被隔离得多么遥远，它都将因为这种悸动而变得生生不息。

《楞严经·卷六》——

我灭度后，末法之中，多此鬼神，炽盛世间，自言食肉得菩提路。阿难，我令比丘食五净肉，此肉皆我神力化生，本无命根。汝婆罗门，地多蒸湿，加以沙石，草菜不生。我以大悲神力所加，因大慈悲，假名为肉，汝得其味。奈何如来灭度之后，食众生肉，名为释子。汝等当知，是食肉人，纵得心开似三摩地，皆大罗刹，报终必沉生死苦海，非佛弟子。如是之人，相杀相吞，相食未已，云何是人得出三界。汝教世人，修三摩地，次断杀生。

·全书完·